Chères lectrices,

Bien sûr, le froid est encore là, et il n'est pas question de nous défaire de nos manteaux et de nos écharpes. Pourtant, ne trouvez-vous pas que le soleil fait de plus fréquentes apparitions derrière les nuages ? Que le ciel se fait plus vaste et animé ? Que l'air a comme un parfum printanier ?

En attendant de pouvoir profiter des terrasses des cafés, des jardins et des parcs, je vous propose de merveilleuses histoires à lire bien confortablement à la maison. Parmi les romans du mois, j'aimerais vous recommander celui de Susan Stephens (n° 2868), dont la lecture m'a véritablement enchantée. Vous y ferez la connaissance de Lucy, une héroïne touchante et romantique qui, sans le savoir, a rendez-vous avec l'inconnu dans les bras duquel elle s'est abandonnée avec passion, deux ans plus tôt. Un inconnu qui n'est autre qu'un puissant cheikh…

Vous aurez également le plaisir de retrouver les auteurs que vous aimez, particulièrement à l'honneur en ce mois de mars : Miranda Lee, Maggie Cox, Helen Bianchin...

Enfin, vous le savez, « La Saga des Gambrelli » s'achève avec un troisième et dernier volume (n° 2870). J'espère que, comme moi, vous aurez beaucoup de plaisir à découvrir le destin du dernier Gambrelli encore célibataire, dont la vie va être transformée à tout jamais par une rencontre inattendue…

Très bonne lecture !

La responsable de collection

Comme un sortilège

KIM LAWRENCE

Comme un sortilège

COLLECTION AZUR

éditions Harlequin

Si vous achetez ce livre privé de tout ou partie de sa couverture, nous vous signalons qu'il est en vente irrégulière. Il est considéré comme « invendu » et l'éditeur comme l'auteur n'ont reçu aucun paiement pour ce livre « détérioré ».

Cet ouvrage a été publié en langue anglaise sous le titre :
THE CARIDES PREGNANCY

Traduction française de
DOMINIQUE BOUDRY

HARLEQUIN®

est une marque déposée du Groupe Harlequin
et Azur ® est une marque déposée d'Harlequin S.A.

83-85, boulevard Vincent-Auriol, 75013 PARIS — Tél. : 01 42 16 63 63

Service Lectrices — Tél. : 01 45 82 47 47
www.harlequin.fr

ISBN 978-2-2808-5051-3 — ISSN 0993-4448

1.

Carl Stone avait beau exercer un pouvoir absolu sur un immense empire financier, sa puissance avait des limites et l'Office National de Météorologie demeurait hors de sa sphère d'influence. Pour le mariage de sa fille, on annonçait des chutes de neige dans tout le pays. Et les gros nuages noirs qui s'amoncelaient dans le ciel bas ne laissaient malheureusement espérer aucun changement pour la journée.

Quelques flocons commencèrent à tomber au moment où les premiers invités se présentèrent devant le cordon de sécurité, aux abords de la cathédrale. La plupart d'entre eux auraient de toute façon bravé les pires tempêtes pour assister à ce que toute la bonne société considérait comme le mariage de l'année.

C'était une débauche de fourrures, de bijoux étincelants, de toilettes et de chapeaux signés par les plus grands couturiers.

Parmi la foule nombreuse se trouvait cependant quelqu'un qui ne semblait guère ravi de participer à l'événement. Grand et mince, la silhouette élégante, il se tenait un peu à l'écart. Appuyé contre le tronc noueux d'un if vénérable, il avait une main négligemment enfoncée dans la poche de son pantalon. Insoucieux du froid mordant, il ne semblait pas remarquer la neige qui saupoudrait ses cheveux et les épaules de sa redingote à la coupe impeccable.

Une expression de profond ennui émanait de son beau visage. Sa mine sombre s'éclairait pourtant de temps à autre au passage d'amis ou de membres de la famille auxquels il rendait leur salut.

Deux adolescentes gloussèrent pour essayer d'attirer son attention, mais leur mère les rappela promptement à l'ordre, non sans glisser elle-même un regard vers cet apollon ténébreux.

— Jocasta… India… Un peu de tenue, s'il vous plaît !

Ceux qui, d'aventure, ne l'auraient pas reconnu, auraient malgré tout pu aisément deviner qu'il était de la famille du marié. Avec ses cheveux d'un noir de jais, son teint mat et son profil de marbre antique, il ne pouvait être que grec ! Mais en réalité, personne n'ignorait son identité. Christos Carides, magnat tout-puissant de l'empire du même nom, jouissait d'une célébrité au moins égale à celle de leur hôte. Sans parler de sa fortune et de son physique de jeune premier.

Contrairement aux apparences, Christos souffrait du froid. D'autant plus qu'il venait de passer un mois sous le soleil australien. Quelle idée de quitter ce climat de rêve pour assister au mariage d'Alex !

A la pensée de son cousin, une moue méprisante se peignit sur ses lèvres sensuelles.

Un jeune homme blond au visage de chérubin et à l'air affolé émergea à ce moment-là d'une porte latérale de l'édifice gothique. Il se fraya un chemin jusqu'à Christos.

— Je suis Peter, déclara-t-il, tout essoufflé, en s'immobilisant devant la silhouette imposante du financier grec.

— Oui, je me souviens. Le filleul de Carl, n'est-ce pas ?

Peter hocha la tête.

— Et le garçon d'honneur, puisque…

Mal à l'aise, il s'interrompit, et Christos acheva la phrase à sa place :

— Puisque j'ai refusé.

— Voilà, oui… Vous ne pouvez pas savoir comme je suis content de vous voir.

— Vraiment ? Et pourquoi donc ? s'enquit Christos assez sèchement.

— Il faut absolument que vous veniez avec moi !

Christos se redressa et répéta avec une expression mi-polie mi-ironique :

— Il faut… ?

Son interlocuteur perdit contenance devant ce début peu prometteur…

— Il vous demande. S'il vous plaît, monsieur Carides…, Je ne sais vraiment pas quoi faire pour détourner les foudres d'oncle Carl… Alex, qui a bu plus que de raison hier soir, n'a pas encore repris tous ses esprits.

La nouvelle n'était pas pour surprendre Christos. Son cousin avait un penchant pour l'alcool et la perspective d'épouser l'héritière d'une des plus grosses fortunes d'Angleterre devait passablement le stresser…

— Si vous le connaissiez mieux, vous sauriez qu'il a rarement tous ses esprits, observa Christos.

— Vous ne vous rendez pas compte… Il tient à peine debout et… il pleure, insista le jeune homme.

A l'évidence, c'était ce qui l'embarrassait le plus.

— En quoi devrais-je me sentir concerné ? questionna Christos.

Une expression indignée se peignit sur les traits de Peter.

— Vous refusez de m'aider ?

— Absolument.

En temps normal, le garçon d'honneur n'aurait rien osé répliquer, mais la pensée de gérer seul la situation lui ôta sa réserve habituelle.

— Alex a raison. Vous êtes un monstre d'insensibilité et d'indifférence ! Moi qui vous laissais le bénéfice du doute…

Christos esquissa un sourire glacial.

— Eh bien, vous aviez tort. Si vous voulez un bon conseil, plongez-lui la tête dans un seau d'eau froide et faites-lui ingurgiter une bonne dose de café noir. Et ne vous inquiétez pas trop, Alex jouit d'une constitution robuste et à toute épreuve. A présent, si vous voulez bien m'excuser, j'attends quelqu'un.

Comme il inclinait la tête, le jeune homme battit en retraite, mais se retourna pour lancer :

— Oncle Carl a raison. Il n'y en a pas un pour racheter l'autre, dans la famille Carides. Tous des bandits ! Sans morale ni scrupule ni savoir-vivre !

Loin de paraître offensé, Christos éclata de rire.

— Une citation authentique de ce cher Carl ? railla-t-il.

Peter lui aurait certainement décoché un coup de poing avec plaisir. Mais il n'était pas assez fou pour se mesurer à lui… De plus, on commençait à les observer avec curiosité et le jeune homme préféra s'éclipser le plus dignement possible.

Il aurait été grandement réconforté de savoir qu'il

y avait au moins quelqu'un, dans toute cette foule, qui aurait acquiescé et même applaudi à ses commentaires. En ajoutant même quelques remarques de son cru…

Perdue au milieu des invités, Becca Summer approchait du cordon de sécurité. Les battements de son cœur résonnaient avec un bruit assourdissant à ses oreilles et elle avait la gorge si sèche qu'elle aurait été incapable de prononcer deux mots à la suite.

Elle aurait beaucoup aimé retrouver les accents de la fureur qui l'avait emportée, six semaines auparavant…

— Ces Carides me dégoûtent ! avait-elle explosé. Ils se croient tout permis parce qu'ils ont de l'argent ! Et ils se moquent pas mal de faire souffrir les autres !

— Allons, Becca, cela ne sert à rien de se mettre dans des états pareils, avait protesté sa sœur Erica, la mine défaite.

— Tu as raison, c'est de l'énergie perdue. Mieux vaudrait échafauder un projet de vengeance.

— Tu n'y penses pas ! s'était récriée Erica. Personne n'oserait s'attaquer aux Carides.

— Tu n'es pas révoltée ?

— On ne peut rien contre eux, c'est ainsi.

Devant la résignation de sa sœur, Becca avait senti les larmes lui monter aux yeux.

— Un jour, je leur infligerai une bonne leçon ! avait-elle lancé farouchement. Ils verront s'ils ont le droit de piétiner les gens impunément.

Sur le moment, elle n'avait pas vraiment cru que l'occasion se présenterait un jour. Pourtant, elle était bel et bien là aujourd'hui, prête à jouer les justicières. Mais en même temps dévorée de peur.

En croisant un regard étonné, elle enleva prestement son béret pour le fourrer dans sa poche. Ce n'était pas un couvre-chef très distingué… Puis elle passa nerveusement une main dans ses boucles flamboyantes qui retombèrent souplement sur le col de son manteau.

Malgré des réserves d'adrénaline insoupçonnées, Becca était gagnée par la crainte et l'épuisement. Ce qui n'était guère surprenant, car elle avait passé une partie de la nuit à traverser le pays au volant de sa vieille Austin. Par un funeste coup du sort, elle était tombée en panne d'essence à 3 heures du matin et avait dû parcourir à pied plusieurs kilomètres avant de trouver une station-service… Une expérience terrifiante qu'elle n'était pas près d'oublier. Et à présent, pour comble de malchance, il se mettait à neiger alors qu'on était seulement début novembre !

Son pied droit la faisait souffrir et ses inquiétudes croissaient de minute en minute. Comment se sortirait-elle de cette épreuve, elle d'ordinaire si prudente, raisonnable et réfléchie ?

Elle était tout le contraire d'une nature insouciante et spontanée. C'est ce que lui avait d'ailleurs reproché Roger au moment de leur rupture. Mal à l'aise dans le rôle de victime et de fiancée délaissée, Becca ne se doutait pas, alors, que sa sœur allait bientôt lui voler la vedette… Erica avait à peine eu le temps d'annoncer sa grossesse inattendue à leurs parents qu'il avait fallu appeler une ambulance pour la conduire à l'hôpital. Malheureusement, on n'avait pas pu sauver le bébé…

Quel choc cela avait été ! Leurs parents étaient âgés — Elspeth Summer avait déjà quarante-cinq ans à la naissance de sa deuxième fille, et son mari dix de plus — et s'en étaient beaucoup voulu.

Ils n'avaient pourtant rien à se reprocher. Dieu sait combien elles avaient été choyées, entourées, aimées ! En repensant à cette conversation, Becca eut subitement honte de ses hésitations. Non, elle ne reculerait pas ! Elle espérait seulement que de nombreux invités avaient allumé leurs caméras vidéo pour filmer la scène mémorable dont ils allaient être témoins !

La tête haute, elle figea un sourire confiant sur ses lèvres, ramassa une fleur tombée à terre et la glissa à sa boutonnière. Le mariage du siècle resterait à jamais gravé dans les mémoires !

2.

Tandis que le garçon d'honneur s'éloignait d'un pas furieux, Christos éprouva une pointe de remords. Un instant, il faillit le rappeler, mais se ressaisit presque aussitôt. Tant pis pour Alex ! Il faudrait bien qu'un jour il apprenne à devenir responsable, se dit-il en soufflant sur ses doigts pour se réchauffer.

Christos avait sermonné son cousin plus d'une fois. L'année dernière, il lui avait même mis clairement les points sur les i.

— Quand tu passes au bureau, c'est uniquement pour prendre le café et draguer les secrétaires.

— Je délègue, avait répondu Alex en riant.

— Si tu ne te mets pas sérieusement au travail, je suspendrai le virement automatique sur ton compte en banque.

— Tu bluffes ! avait lancé son cousin, sans s'inquiéter davantage.

Pourtant Christos ne bluffait pas et avait mis sa menace à exécution. Plusieurs membres de la famille l'avaient traité de monstre sans cœur. Jamais en face, naturellement… D'autres, cependant, avaient approuvé ces mesures de rétorsion.

Alex s'était vengé d'une manière totalement inattendue

en séduisant Melina, son ex-fiancée. Et cette dernière s'était à son tour servie de la situation... Comme Christos avait un double de clés à lui rendre, elle l'avait invité à son appartement.

— Nous pouvons rester en bons termes, avait-elle déclaré. Comportons-nous en êtres civilisés ! Nous boirons un verre ensemble.

En fait, elle avait savamment élaboré une mise en scène pour infliger à Christos ce qu'elle croyait être une cuisante humiliation.

Quand Christos avait ouvert la porte, il les avait surpris, Alex et elle, nus sur le tapis, dans un désordre de vêtements éparpillés et de bouteilles vides. L'expression mauvaise et triomphante qu'il avait lue dans les yeux de Melina l'avait complètement libéré du remords d'avoir rompu leurs courtes et ridicules fiançailles.

La tiédeur de sa réaction était assez révélatrice de ses sentiments à l'égard de la jeune femme. Il n'avait éprouvé qu'un agacement léger, teinté de dégoût, et s'était simplement détourné de ce spectacle sordide et affligeant. En partant, il avait jeté les clés sur la table.

Comment avait-il été assez fou pour envisager un mariage de raison avec Melina ? C'était son seul regret...

Perdu dans ses sombres pensées, Christos sursauta quand sa grand-tante surgit brusquement devant lui. Vêtue à son habitude d'un accoutrement bigarré et excentrique, avec ses cheveux gris ramassés en chignon sous une toque en fourrure, elle l'apostropha haut et fort et lui tendant sa joue qui sentait la rose et la poudre de riz.

— Quel temps impossible ! Le climat anglais me tuera ! Alors, tu t'es finalement décidé à venir !

— Et j'en suis heureux, puisque cela me donne l'occasion de te voir, tante Theodosia !

— Epargne-moi tes flatteries, veux-tu ? Je suis immunisée contre ton charme, déclara la vieille dame en acceptant le bras de son petit-neveu avec un sourire ravi.

La septuagénaire ne jugea pas nécessaire de baisser la voix lorsqu'ils pénétrèrent sous la voûte de la cathédrale.

— Je te croyais en Australie, Christos ?

— J'y étais, ma tante.

Apercevant Melina, plus éblouissante que jamais, Christos la salua poliment d'un signe de tête.

— Alex t'avait demandé d'être garçon d'honneur ?

— Oui.

— Et tu as refusé ?

— En effet.

— Tu avais tes raisons, j'imagine ?

Christos repensa à la scène qu'il avait surprise dans l'appartement de Melina, mais se garda de satisfaire la curiosité de sa grand-tante.

— Pour Andrea, ton refus est symptomatique de ta jalousie, reprit Theodosia.

Christos haussa les sourcils.

— Ma jalousie ?

La vieille dame se mit à rire.

— Selon elle, tu ne perds pas une occasion de rabaisser ou de ridiculiser son précieux fils ! Ce pauvre Alex n'a pourtant pas besoin de toi pour paraître à son désavantage… Mais Andrea a toujours abusivement soutenu son fils. Son manque de lucidité frise la sottise.

— Eh bien, je tâcherai d'éviter Andrea, à l'avenir.

— Allons, tu te moques bien de ce qu'elle pense. Et plus généralement du qu'en-dira-t-on.

Ce qu'elle semblait approuver tout à fait… Christos lui décocha son plus charmant sourire.

— Il n'y a que ton avis qui compte pour moi, ma tante.

Sans s'attarder sur le compliment de son petit-neveu, Theodosia enfourcha un nouveau cheval de bataille.

— Où sont passées les traditions ? s'insurgea-t-elle à voix haute. Pourquoi un Carides accepte-t-il de se marier selon le rite catholique, alors que nous sommes orthodoxes depuis toujours ?

— Ne me regarde pas ainsi, ma tante. Je n'y suis strictement pour rien. D'ailleurs, je ne suis venu que pour faire plaisir à maman.

— On dirait que tu n'aimes pas ton cousin.

— C'est vrai.

Sa mère le lui avait vivement reproché au téléphone. *Tu n'es pas gentil avec Alex*, avait-elle dit. Mais comment aurait-il eu envie d'être *gentil* avec un individu qui s'était amusé à séduire celle qu'il aurait dû épouser ? Heureusement qu'il n'avait jamais vraiment été amoureux de Melina…

En réalité, ces fiançailles lui avaient pratiquement été imposées au cours d'une réception donnée en l'honneur des trente ans de mariage des parents de Melina. Un moment, la jeune femme s'était penchée vers son père pour murmurer un secret à son oreille et deux minutes plus tard, Carl Stone avait réclamé le silence pour déclarer d'une voix forte, devant les trois cents convives :

— Je suis très heureux de vous annoncer le prochain mariage de ma fille avec notre cher ami Christos Carides.

Christos n'avait eu aucune envie d'humilier en public cette chère Melina, qui avait bu trop de champagne, et avec laquelle il avait eu une liaison tumultueuse pendant plusieurs années. Il s'était donc contenté d'accepter avec un sourire contraint les félicitations d'usage, en se promettant de publier un démenti dès le lendemain.

Il avait commis là sa première erreur !

La deuxième avait été de ne pas accepter les excuses contrites de Melina lorsqu'elle s'était présentée à sa porte le lendemain matin. Apitoyé par sa mine confuse et dépitée, il s'était entendu répondre :

— Ne t'inquiète pas, ce n'est pas grave. D'ailleurs, nous pourrions tenter l'expérience.

— Vraiment, Christos ?

— Pourquoi pas ? Nous ne nous entendons pas si mal. Et ni toi ni moi n'espérons un coup de foudre.

La quête d'amour ne revêtait aucun sens aux yeux de Christos. Ainsi que Melina le lui avait reproché, il était convaincu d'être totalement incapable d'éprouver des sentiments.

La voix haut perchée de sa tante le ramena brusquement à la réalité.

— *Comment ça, tu n'y es pour rien ?* Tu es pourtant le chef de famille, il me semble !

Il esquissa un petit sourire désabusé en direction de la vieille dame.

— Une position qui présente bien peu d'avantages…

— Ne te plains pas, Christos. Tu es beau, intelligent, en bonne santé. Et riche de surcroît. N'importe qui, à ta place, se féliciterait de son sort. Mais dis-moi… la fiancée d'Alex ressemble vraiment à un cheval.

— Sally est très gentille…

C'est à ce moment-là qu'il la vit.

Subitement sourd aux péroraisons de Theodosia, Christos se figea sur place. Avec ses cheveux blond vénitien qui formaient comme une auréole autour de son visage à la lueur des cierges, elle avait l'air de sortir d'une peinture préraphaélite. L'espace de quelques secondes, il crut à une apparition, tant elle semblait irréelle

Puis il se ressaisit. Le décalage horaire lui jouait des tours. Il avait vraiment besoin de rattraper son sommeil en retard. La mâchoire crispée, il cilla plusieurs fois les paupières et le monde alentour reprit sa consistance, tandis qu'il desserrait légèrement son nœud de cravate en considérant la silhouette élancée de l'inconnue, vêtue très simplement.

Il ne l'avait jamais rencontrée. Ce qui n'avait en soi rien d'étonnant. Mais ce qui le dérangeait, c'était ce picotement bizarre derrière sa nuque… Il fronça les sourcils. Son esprit logique ne pouvait l'empêcher de se fier à son instinct et il avait un curieux pressentiment…

Cette femme représentait un danger pour lui. Mais de quelle sorte ? Ces derniers mois d'abstinence sexuelle ne suffisaient pas à expliquer le soudain affolement de sa libido… Tout en se promettant de faire très vite la connaissance de l'inconnue, Christos continua à dévorer des yeux la masse luxuriante de sa chevelure auburn. Malgré sa tenue discrète, elle ne risquait pas de se fondre dans la foule.

Christos rencontrait beaucoup de femmes, toutes plus belles et intelligentes les unes que les autres. Mais aucune, jusque-là, ne lui avait inspiré un tel désir.

Theodosia le tira par la manche pour réclamer son attention.

— En tout cas, avec des hanches aussi larges, la

mariée n'aura aucun mal à porter des enfants ! D'ailleurs, elle est peut-être déjà enceinte. Cela expliquerait tant de précipitation. Qu'en penses-tu, Christos ?

Sans perdre de vue la silhouette à la chevelure flamboyante, Christos guida la vieille dame jusqu'à sa place.

— Cela ne me regarde pas, répliqua-t-il.

— Cela ne me choquerait pas…

— Tu as les idées larges, ma tante !

— Je ne suis pas prude, mon garçon.

Christos lui lança un regard affectueux.

— Tu m'étonneras toujours ! s'écria-t-il.

— Mais c'est très bien aussi d'arriver vierge à son mariage, poursuivit Theodosia, intarissable.

L'inconnue était sur le point de disparaître derrière un pilier. Apparemment, elle n'était pas accompagnée, mais Christos était trop loin pour voir si elle portait une alliance.

— La virginité est une valeur qui se perd, ironisa-t-il.

Sa tante lui donna un coup de canne sur les doigts.

— N'étant pas un saint toi-même, tu n'es pas en mesure de critiquer. Les grecs sont tellement hypocrites ! Au moins, quand une femme se marie enceinte, on est certain qu'elle n'est pas stérile.

— Quel pragmatisme, ma tante ! Tout de même, le père de la mariée ne serait pas ravi que tu compares sa fille à une jument.

La mère de Christos surgit près d'eux juste à ce moment-là.

— Christos, j'ai besoin de toi, dit-elle. Un problème de sécurité. Désolée de te l'enlever, tante Theodosia !

— Nous parlions de la mariée, expliqua Christos avec un sourire.

— Je sais, je vous ai entendus. Vous n'êtes pas très discrets !

— Notre famille a besoin de bébés, continua Theodosia en suivant le fil de sa pensée. Et toi, Christos, quand vas-tu enfin te décider ?

Son neveu se pencha pour déposer un baiser sur sa main.

— Quand j'aurai trouvé une femme qui te ressemble, ma tante.

Pourquoi pas avec la belle inconnue ?

Il sursauta en prenant conscience de la pensée qui lui avait traversé l'esprit.

La vieille dame essaya de dissimuler son plaisir.

— J'espère que cela arrivera vite ! Comment s'appelait la dernière, déjà ?

— Melina.

— Ah oui. Elle ne me plaisait pas du tout, avec ses sourires mielleux.

De l'autre côté de l'allée, Melina, qui observait Christos, fusilla du regard la jeune femme mal habillée qu'il ne quittait pas des yeux.

3.

— Tu ne devrais pas te montrer aussi complaisant avec Theodosia, se plaignit Mia Carides à mi-voix. Justement, il se trouve que Sally est enceinte.

— Pour quoi as-tu besoin de moi ? interrogea Christos sans répondre.

Assise à côté du pilier, la jeune femme avait croisé les jambes, révélant un vieux jean élimé sous son manteau.

— Pour rien. Je voulais seulement mettre un terme à votre conversation choquante et scandaleuse. Theodosia a une langue de vipère. Tu ne devrais pas l'encourager.

Qu'aurait-elle dit en découvrant les pensées qui envahissaient l'esprit de son fils ? Il s'imaginait tout simplement en train d'embrasser les lèvres de la belle inconnue. Il s'efforça de revenir à la réalité.

— Comme si Theodosia avait besoin d'encouragements ! rétorqua-t-il.

— Tu as une voix bizarre, releva Mia.

Touchant son front d'un geste maternel, elle ajouta :

— Tu ne couves pas une maladie, j'espère ? Tous ces voyages en avion ne sont pas très bons pour ta santé.

— Eh bien, si je tombe malade, ce sera ta faute. Tu

m'as obligé à faire vingt mille kilomètres pour être ici aujourd'hui.

— Tu seras bientôt pire que ta tante !

— Je prends cela comme un compliment.

Tandis que Mia lui jetait un regard lourd de reproches, il poursuivit, les yeux rivés sur la jeune femme, dont les cheveux auréolaient son visage de lumière :

— En fait, je me demande s'il n'y a pas effectivement un problème de sécurité…, murmura-t-il.

— Ah bon ? Lequel ?

— Ne t'inquiète pas. Je vais le régler tout de suite.

Tout en répondant machinalement aux innombrables sourires et saluts qu'on lui adressait, Christos se fraya un chemin jusqu'à l'inconnue. D'où lui venait cette étrange impression de la connaître depuis toujours, même s'il ne l'avait jamais vue ? Quand elle releva les bords de son col, il scruta son visage plus intensément encore.

Il n'était plus question d'imputer son trouble au seul décalage horaire…

Quand un bébé se mit à pleurer, tout le monde, dans la cathédrale, se tourna machinalement vers l'endroit où ses cris résonnaient. Adossé contre un pilier, Christos éprouva une sorte de décharge électrique. Jamais il n'avait vu des yeux d'un bleu aussi pur. Leurs regards se croisèrent, mais elle ne parut pas remarquer sa présence.

D'ordinaire, il ne passait pourtant pas inaperçu… Un peu vexé, il continua à l'observer à la dérobée. Elle regardait droit devant elle, en se mordant la lèvre avec une expression farouche et déterminée.

Elle possédait un teint très pâle, translucide et constellé de taches de rousseur. De profil, son petit nez était légèrement retroussé et on devinait que sa bouche, comprimée par l'effet d'une extrême tension intérieure, était habituellement large et généreuse.

Christos s'assit derrière elle, un peu de biais pour continuer à la contempler. Apparemment, elle n'avait toujours pas remarqué sa présence…

Au moment où Becca pénétra dans la cathédrale, la sensation de vertige qu'elle éprouvait depuis une bonne heure se transforma en un sifflement persistant dans les oreilles. Elle dut enfoncer ses mains dans les poches de son manteau pour les empêcher de trembler.

Elle se sentait si faible qu'elle avait peur de s'évanouir, au risque de compromettre le scénario qu'elle avait si soigneusement élaboré. Malgré tout, elle s'efforça de conserver un air dégagé et sûr de soi.

Elle n'aurait jamais dû ingurgiter autant de café sur l'autoroute… Ses jambes flageolantes l'obligèrent vite à s'asseoir. Quelques agents de sécurité en uniforme s'affairaient pour placer les invités. Au moment où l'un d'eux s'approcha d'elle, elle fit mine de reconnaître quelqu'un dans l'assistance et se hissa sur la pointe des pieds en agitant la main. Dieu merci, on n'insista pas…

Qu'est-ce que je suis en train de faire ?

L'énormité de son plan lui apparut brutalement, comme si elle se cognait violemment contre un mur. A vrai dire, elle s'étonnait d'être parvenue jusqu'ici. D'avoir si facilement trompé la vigilance des gardes du corps qui veillaient sur la fille unique du plus grand magnat des affaires de Grande-Bretagne, sur le point d'épouser un descendant de la prestigieuse famille des Carides.

Ce nom de Carides suffit à raviver sa colère. Ces gens imbus de leur fortune s'imaginaient qu'ils pouvaient piétiner impunément les sentiments d'autrui ! Becca, qui n'avait pourtant jamais haï personne de toute son existence, vouait désormais une haine féroce à tous les membres du clan Carides.

Tête baissée, elle se précipita sur le premier siège venu, en comprenant trop tard pourquoi il restait libre. Un gros pilier bloquait complètement la vue sur l'autel. Tant pis. Peu importait qu'on la voit ou non. Il suffirait qu'on l'entende.

J'ai un motif valable…, se répétait-elle pour se donner du courage. Il était déjà assez révoltant de séduire une jeune fille à peine sortie de l'adolescence, mais agir ainsi alors qu'on était déjà fiancé… ! Alex Carides ne méritait que son mépris.

Un murmure parcourut l'assistance quand les premiers accents de la marche nuptiale résonnèrent dans la nef. Becca se raidit en s'obligeant à inspirer profondément.

Tu peux le faire.

Le souvenir de sa sœur rentrant, livide, de l'hôpital, traversa son esprit et la renforça dans sa résolution. Elle toussota pour s'éclaircir la voix.

Mais presque au même moment, une main s'abattit sur son épaule.

4.

— Attention à ce que vous allez faire. Avez-vous bien réfléchi ?

Becca secoua la tête. Il fallait pourtant dénoncer les agissements de cet ignoble individu ! Non seulement pour sa sœur, mais aussi pour toutes celles qu'il avait trompées avec ses mensonges ! La future femme d'Alex Carides avait le droit de savoir quel genre d'homme elle s'apprêtait à épouser. Et le reste du monde l'apprendrait du même coup !

La voix masculine qui l'avait interpellée poursuivit à son oreille :

— Je ne pense pas que vous voulez aller jusque-là.

A en juger par la pression que l'inconnu exerçait sur son épaule, il n'hésiterait pas à la bâillonner et à la traîner dehors de force si jamais elle s'avisait d'ouvrir la bouche…

Redressant fièrement le menton, Becca obéit à l'injonction muette de l'inconnu et se leva pour le suivre jusqu'à une porte latérale.

Christos était aux prises avec une colère sourde depuis qu'il avait deviné les intentions qui animaient la belle jeune femme. Dieu sait quel « motif valable » elle avait l'intention d'invoquer pour empêcher le mariage d'Alex… En tout cas, il en tirait la seule conclusion logique qui s'imposait. Cette délicieuse créature était l'une des innombrables ex de son cousin.

Un sourire cynique releva les coins de sa bouche. Toutes ces écervelées ne voyaient-elles donc pas quel séducteur invétéré était Alex ? Il était furieux, bien davantage que lorsqu'il avait surpris Melina avec son cousin… Et si ce n'était pas l'effet du décalage horaire, alors il avait un sérieux problème !

Une fois la porte refermée derrière elle, Becca ressentit brusquement les effets du contrecoup et se mit à trembler violemment.

— Il n'en vaut vraiment pas la peine, vous savez.

— Oui, je sais…

Becca se tourna vers l'inconnu. Qu'il était beau ! Et viril… De quoi tomber à la renverse…

En la voyant tour à tour s'empourprer et blêmir de façon alarmante, Christos s'inquiéta.

— Allons dehors. Un peu d'air frais vous fera du bien.

Envoûtée, littéralement fascinée, Becca sursauta et acquiesça d'un air embarrassé en essayant de se ressaisir. Elle avait tout raté… Alors qu'il s'en fallait d'une minute à peine ! Quelle injustice… Pourquoi des individus comme Alex Carides s'en tiraient-ils toujours à si bon compte ?

Elle avait échoué dans sa mission de sœur aînée… Submergée de honte, elle se laissa tomber sur un banc.

— Quand vous aurez recouvré vos esprits, vous comprendrez que je vous ai rendu service.

— Pardon ? lança-t-elle en se redressant. Ne vous sentez pas obligé de vous justifier et contentez-vous de faire correctement votre travail de surveillance. Sans vous cacher derrière des considérations altruistes !

L'inconnu parut un instant déconcerté, puis esquissa un sourire qui déclencha chez elle un frisson irrépressible.

— J'ai été tenté de vous laisser faire, admit-il.

Des larmes de frustration jaillirent aux paupières de Becca.

— Je voulais… Je voulais…

— Calmez-vous.

Seigneur, comment pouvait-on être aussi beau et aussi séduisant ? se demanda Becca.

— Si c'est vrai, vous n'aviez qu'à regarder ailleurs.

— Cela m'aurait coûté mon job !

— C'est vrai, concéda-t-elle en soupirant.

— Vous aviez réellement l'intention de vous lever et de vous donner en spectacle devant tout le monde ?

— Je m'y sentais obligée…

Elle respira profondément pour s'efforcer de recouvrer son sang-froid. Puis, la mine sombre, elle demanda à son compagnon :

— Vous trouvez normal qu'un homme détruise la vie d'une femme et en réchappe sans aucun problème ?

— C'est sans doute une question de chance.

Becca fronça les sourcils.

— Vous en parlez à votre aise…

— Je connais bien Alex Carides.

Ce qui expliquait probablement son expression de profond mépris.

— Comment pouvez-vous travailler pour quelqu'un comme lui ?

— Il faut bien vivre.

— Désolée. Je ne voulais pas vous faire la morale. Je suis bien mal placée pour ça.

Il la considéra un instant avant de demander :

— Vous êtes enceinte ?

Choquée, Becca cilla les paupières.

— Vous imaginez…, commença-t-elle.

Mais elle s'interrompit au milieu de sa phrase. Peu lui importait ce que pensait cet homme. Elle n'avait pas à se justifier devant lui.

— Votre patron a déjà mis d'autres femmes enceintes ? rétorqua-t-elle.

— Il y a donc un bébé, observa-t-il, la mine encore plus sévère.

— Plus maintenant.

— Un avortement ?

— Une fausse couche, corrigea-t-elle d'une voix enrouée par l'émotion.

Tout à coup, l'agent de sécurité prit le visage de Becca entre ses mains.

— Comment vous appelez-vous ? demanda-t-il sur un ton pressant.

— Becca.

— Ne bougez pas, Becca. Je reviens tout de suite.

Elle avait l'air tellement perdu que Christos n'avait aucune envie de la laisser seule. Mais d'un autre côté, la violence de ses émotions le poussait à agir.

Il arriva à point nommé, comme si tout avait été parfaitement prévu et chronométré. Le couple de jeunes mariés sortaient de la sacristie après avoir apposé leurs signatures au bas du registre, et ils descendaient l'allée centrale sous les flashes des photographes.

Tout le monde s'immobilisa en voyant Christos. Sans se soucier des regards ni des questions qui fusaient, il avança jusqu'à son cousin, l'écarta de la mariée et l'attrapa par le revers de son habit.

— Que se passe-t-il ? demanda Alex, apeuré.

Christos lui sourit et lui asséna un violent coup de poing sur le nez.

— Voilà pour Becca ! s'écria-t-il en même temps.

Avec un hurlement de douleur, le marié leva la main pour essuyer le sang qui commençait à couler.

— Mais qui est Becca ? cria-t-il avec indignation.

Christos le frappa une deuxième fois et Alex tomba à genoux.

Elle n'était plus là. Réprimant un juron, Christos s'élança dans une allée et la repéra presque aussitôt.

— Je vous avais dit de ne pas bouger ! lança-t-il en lui prenant le bras. Où allez-vous comme ça ?

— Cela ne vous regarde pas, rétorqua-t-elle, glaciale. Je n'ai pas besoin d'une escorte pour me montrer le chemin.

— Le chef de la sécurité ne sera peut-être pas du même avis.

— *Ce n'est pas vous ?*

Elle le détailla de pied en cap en fronçant les sourcils. Il ne portait ni badge ni signe distinctif. A vrai dire, rien n'indiquait son statut, sauf qu'il se comportait en homme habitué à donner des ordres et à être obéi.

— Je suis nouveau, mentit-il.

— Ce qui explique sans doute votre excès de zèle, maugréa-t-elle. Je n'ai rien commis de répréhensible et vous n'avez pas le droit de me retenir contre ma volonté.

Après quelques secondes de réflexion, elle ajouta avec une expression pincée :

— D'ailleurs, je considère que votre main sur mon bras est une agression.

Quand il sourit, Becca, les genoux flageolants, dut baisser les yeux. *Que m'arrive-t-il ? Je n'ai pourtant plus quinze ans !*

— Voulez-vous en référer à la police ?

— Vous plaisantez ? protesta-t-elle, horrifiée. Encore une fois, je ne suis coupable d'aucun crime ni délit.

— Vous croyez ?

Elle se dégagea et croisa les bras sur sa poitrine d'un air de défi.

— J'en suis certaine, oui.

En dépit de son affirmation, Becca conservait une pointe d'inquiétude. Elle n'avait aucun bristol d'invitation et s'était introduite par la ruse dans la cathédrale…

— A moins qu'il y ait une loi pour les riches et une autre pour les pauvres, ajouta-t-elle avec un mépris manifeste.

— Vous n'aimez pas les riches ? demanda Christos, ironique.

— Ils ne me gênent pas, sauf les parasites nuisibles comme les Carides.

— Votre lucidité est un peu tardive.

— Je n'ai pas envie d'en discuter avec vous. Je veux simplement…

Elle s'interrompit quand les cloches lancèrent leur carillon triomphal.

— Je veux rentrer chez moi, c'est tout.

— Excellente idée.

Tandis qu'il lui emboîtait le pas, Becca étudia discrètement le profil de ce visage qui semblait taillé dans le marbre le plus pur.

— Que faites-vous ? questionna-t-elle avec un soupir exaspéré.

— Je m'assure que vous repartez.

— Vous avez l'intention de me raccompagner jusque dans le Yorkshire ?

— Je vous surveille quelques instants, pour le cas où vous décideriez de revenir sur vos pas pour exécuter votre vengeance. Car c'est de cela qu'il s'agit, n'est-ce pas ?

— Cela m'aurait soulagée, avoua-t-elle.

— Peut-être, répliqua Christos en repensant au plaisir qu'il avait eu à frapper son cousin.

Dans la vie, il y a des moments où il faut s'arrêter de penser pour donner libre cours à ses impulsions… Certes, d'aucuns, dans l'assistance, n'étaient sûrement pas d'accord avec cette idée et mettraient beaucoup de temps à lui pardonner son geste. Mais il serait intéressant de demander à ces mêmes personnes d'expliquer l'affolement du marié…

Becca grimaça.

— Je vous promets de ne pas perturber la réception et de ne rien faire pour gâcher les photos. Vous avez ma parole.

Il se passa une main dans les cheveux.

— Je ne sais pas si je peux vous faire confiance. Vous n'avez pas totalement repris vos esprits.

— Traitez-moi de folle, pendant que vous y êtes !

Quand Becca se campa devant lui, les mains sur les hanches, il éclata de rire. Difficile de rester en colère devant un rire aussi communicatif…

— Vous ririez moins si vous étiez concerné ! lança-t-elle.

— Allons, la situation vous paraît peut-être tragique pour le moment. Mais vous êtes jeune, vous vous en remettrez.

Becca le dévisagea avec hostilité.

— Qu'en savez-vous ?

— Oubliez cette erreur de jeunesse et allez de l'avant.

Je dois absolument cesser de débiter des lieux communs ! s'admonesta Christos.

— Pour l'instant, j'aspire seulement à mettre de la distance entre vous et moi, reprit Becca.

— Non, par ici, dit-il en posant une main sur son épaule pour la diriger vers un petit portail en fer forgé dissimulé sous la verdure.

Becca se retrouva dans une rue pavée avec des voitures luxueuses garées de chaque côté. Un vigile en costume sombre qui patrouillait, un talkie-walkie à l'oreille, la repéra immédiatement et s'approcha. Puis, en apercevant l'homme qui l'accompagnait, il ralentit le pas et le salua d'un signe de tête respectueux.

Becca profita que les deux hommes engageaient la conversation pour s'éclipser. Mais elle venait à peine de rejoindre la foule massée devant les barrières de sécurité que l'inconnu la rejoignit.

— Laissez-moi tranquille ! explosa-t-elle, à bout de nerfs. Je vous ai dit que je n'allais rien faire pour saboter la réception.

Soudain, elle sentit une immense lassitude l'envahir.

— J'ai gâché beaucoup de temps et d'énergie pour rien, admit-elle.

— Dans votre situation, la plupart des femmes se seraient contentées de vendre leur histoire à un magazine people. Ce que vous pouvez encore faire, d'ailleurs.

Comme elle ne répondait pas, il poursuivit :

— Avez-vous réfléchi à ce qui se serait passé si vous aviez fait votre petit numéro ? De toute façon, le mariage aurait eu lieu.

— Je m'en moque.

— Je n'en crois rien. Si vous étiez tellement indifférente, vous n'auriez pas traversé le pays pour semer la perturbation.

Le mot « indifférente » ne convenait guère pour décrire ce qu'elle éprouvait en ce moment. Mais cela n'avait rien à voir avec le mariage d'Alex Carides… En tout cas, l'homme n'avait pas tort. Elle n'avait pas suffisamment réfléchi. Si elle était allée au bout de ses actes, elle aurait déclenché une cascade d'événements qui se seraient terminés par une meute de paparazzi à l'affût devant leur maison familiale. Une issue infiniment pire pour Erica…

— Il ne s'agit peut-être pas uniquement de vengeance, suggéra-t-il doucement.

— Que voulez-vous dire ?

— Dans votre for intérieur, vous espériez un coup de théâtre. Comme dans un conte de fées, Alex vous aurait regardée et aurait pris conscience de la terrible erreur qu'il s'apprêtait à commettre. Il aurait alors abandonné sa fiancée pour revenir vers vous.

Comme elle secouait la tête, il ajouta avec colère :

— Seulement, cela ne se serait jamais produit.

Becca recula vivement lorsqu'il tendit la main pour caresser sa joue. Puis elle baissa les yeux pour dissimuler le trouble intense qu'elle ressentait.

— Vous avez l'air bien sûr de vous, observa-t-elle enfin.

Christos avait la sensation de se perdre dans les yeux de la jeune femme, d'une transparence de porcelaine.

— Vous êtes peut-être différente, finalement, conclut-il avec un haussement d'épaules. En tout cas, vous n'êtes pas du tout le genre d'Alex.

— Ah bon ?

— Les femmes qui lui plaisent sont en général blondes, immatures, avec de longues jambes et une ambition démesurée, sans autre intérêt dans la vie que celui de dépenser de l'argent dans les boutiques de mode.

— Vous connaissez bien votre patron, répondit-elle.

Il eut une moue méprisante.

— Et vous ? demanda-t-il. Quel est votre métier ?

— Je suis institutrice.

— Vous n'avez pourtant pas du tout le physique d'une institutrice…

Au lieu de la révolter, l'allusion ouvertement sexuelle de son propos provoqua chez Becca un frisson d'excitation.

— Ce que vous pensez de mon physique ne m'intéresse pas.

— Vous êtes toujours aussi directe ?

— J'ai mon franc-parler, en effet.

L'impertinence de la jeune femme fit naître un sourire sur les lèvres de Christos.

— Alex est encore plus stupide que je ne croyais, déclara-t-il d'un air énigmatique.

— Vous manquez singulièrement de respect envers lui.

— Cela ne devrait pas vous choquer. Vous le

connaissez aussi bien que moi puisque vous avez été sa maîtresse.

— Cela ne m'empêche pas d'être polie et bien élevée.

— Vous parlez comme une institutrice, maintenant. Et je vous imagine mieux dans une salle de classe.

En fait, il l'imaginait davantage dans une chambre à coucher…

Quant à Becca, elle se maudissait d'avoir quitté la maison. Elle n'était vraiment pas douée pour l'improvisation !

5.

Subitement, Becca se sentit au bord des larmes.

— Allons, venez, dit l'homme en la prenant par le bras pour la conduire à l'abri d'une porte cochère.

Sa sollicitude ne fit qu'empirer les choses et elle éclata en sanglots.

— Laissez-moi ! protesta-t-elle, en sortant un mouchoir de sa poche. Oh, comme je regrette d'être venue ici...

— Ressaisissez-vous, les gens nous regardent !

— Evidemment, ils nous regardent ! Cela vous étonne ?

Brusquement, elle éclata d'un rire nerveux, incontrôlable, et détailla la silhouette virile et imposante de son compagnon qui, apparemment, la prenait pour une folle.

— Ce n'est pas moi qu'ils regardent, expliqua-t-elle. C'est vous. D'ailleurs, même si j'étais nue à côté de vous, personne ne ferait attention à moi !

— Vous avez l'intention de vérifier ?

Il avait sans doute tellement l'habitude d'être admiré qu'il ne s'en rendait même plus compte..., songea Becca. Elle comprenait mieux sa sœur, à présent, et regrettait de l'avoir sermonnée aussi durement. Il n'était plus question d'être raisonnable et d'avoir du bon sens, quand on éprouvait du désir… Si l'homme qui se tenait devant elle avait esquissé un seul geste pour la séduire, elle serait tombée dans ses bras sur-le-champ, sans la moindre résistance.

Le rouge aux joues, elle parvint à détacher les yeux de sa bouche sensuelle.

— Vous êtes grec ?

Il hocha la tête d'un air amusé.

— J'aurais dû m'en douter. Pourtant, vous n'avez pas beaucoup d'accent.

— J'ai fait une partie de mes études aux Etats-Unis. J'y ai de la famille.

— C'est là que vous avez suivi votre formation d'agent de sécurité ?

— De cadre, rectifia-t-il d'une voix grave.

— En tout cas, vous feriez mieux de me laisser pour reprendre votre travail de surveillance. Vous aurez l'air malin, si quelqu'un s'avise de voler des cadeaux !

— Je contrôle parfaitement la situation, l'assura-t-il nonchalamment.

Becca sortit un trousseau de clés du fond de sa poche.

— Vous n'avez pas l'intention de repartir en voiture, j'espère ? lança-t-il. Vous n'êtes pas en état de conduire.

— Je me sens parfaitement bien, protesta-t-elle sur un ton agressif.

Puis elle porta la main à son front.

— Vous avez mal à la tête ?

Le mot semblait faible pour décrire la migraine qui martelait ses tempes… Pourtant, elle trouva la force de mentir.

— Non…

Devant son visage crispé et douloureux, Christos regretta de ne pas avoir complètement assommé son cousin, tout à l'heure… Il soupira.

— Vous ne l'aimez plus, j'espère ?

— Je le hais ! chuchota-t-elle.

— On dit que la haine s'apparente à l'amour.

— C'est complètement stupide.

Il lui arracha les clés des mains.

— Où avez-vous garé votre voiture ?

Becca était bien incapable de le dire… Elle fronça les sourcils en essayant désespérément de rassembler ses souvenirs.

— A quand remonte votre dernier repas ? demanda Christos, exaspéré.

Elle le regarda sans répondre, assaillie par un mélange d'indignation et d'impuissance.

— Nous achèterons des sandwichs en route, déclara-t-il.

— Où allons-nous ?

— A ma voiture. Vous n'allez pas arpenter la ville à la recherche de la vôtre.

— Je ne sais vraiment pas pourquoi j'accepte votre aide, répliqua-t-elle.

— Et moi, je ne sais pas pourquoi je perds mon temps avec vous, conclut-il.

Becca examina d'un air soupçonneux l'intérieur luxueux de la voiture.

— C'est une Jaguar…

— Un des avantages de ma fonction, expliqua Christos en mettant son veston sur le siège arrière.

Il ôta également sa cravate et déboutonna le col de sa chemise blanche immaculée.

Il lui adressa un sourire irrésistible qui l'irrita au plus haut point.

— Je ne sais vraiment pas ce que je fais ici avec vous, maugréa-t-elle.

— Vous me remercierez plus tard.

— Quand nous aurons retrouvé ma voiture ?

— Elle est peut-être à la fourrière, à l'heure qu'il est. Vous n'avez vraiment pas la moindre idée de l'endroit où vous l'avez garée ?

Becca s'empourpra.

— J'ai conduit toute la nuit. Je suis tombée en panne d'essence, et…

Paniquée, elle regarda autour d'elle.

— Oh non !

— Qu'y a-t-il encore ? demanda Christos.

— J'ai oublié mon sac à l'église. Enfin… Il me semble.

— Vous êtes d'une distraction effarante !

— J'ai mon porte-monnaie dedans… Il faut que j'y retourne.

— Ce n'est pas une très bonne idée.

— Je ne peux pas rentrer sans argent, objecta-t-elle, de nouveau au bord des larmes.

— Je peux vous en prêter, proposa Christos tout en se demandant pourquoi il se montrait aussi serviable.

— Comme si j'allais accepter de l'argent d'un inconnu !

— Rassurez-vous, je n'exigerai rien en échange. Vous pourrez même me rembourser, si vous y tenez !

— Oh, ma voiture ! s'écria-t-elle tout à coup.

— Laquelle ?

— L'Austin bleue.

— Grands dieux !

— Elle est vieille, mais elle marche encore très bien, commenta-t-elle, vexée par son exclamation moqueuse.

— Vous êtes sûre ? insista-t-il en s'arrêtant juste derrière.

Haussant les épaules, Becca ne répondit pas et ouvrit la portière pour descendre.

Christos la suivit.

— Eh bien, merci pour votre aide, dit-elle.

— Vous ne comptez pas repartir dans le Yorkshire sans un sou en poche ?

Elle fronça les sourcils.

— Comment savez-vous que je vais dans le Yorkshire ?

— C'est vous-même qui me l'avez dit.

Décontenancée, elle considéra d'un air indécis la liasse de billets dans la main tendue de l'inconnu.

— Vraiment, je ne peux pas accepter…

Il poussa une exclamation exaspérée et prononça quelques mots incompréhensibles dans sa langue maternelle. Il possédait une voix grave, très agréable, et délicieusement troublante.

— Je n'ai rien compris ! protesta-t-elle.

Brusquement, elle se tut quand il se pencha pour prendre son visage entre ses mains. Naturellement, elle aurait dû reculer. Mais les yeux de cet homme, d'un noir profond et velouté, exerçaient une sorte de fascination hypnotique qui la privait de volonté et lui faisait oublier les règles de prudence élémentaire.

— Que faites-vous ? s'écria-t-elle en s'efforçant de garder son calme.

Mais dans sa poitrine, son cœur battait à tout rompre et jamais, de sa vie, elle n'avait éprouvé un tel mélange d'excitation et d'affolement.

Christos ne répondit rien. La peau de cette femme était d'une douceur exquise… Quand il effleura ses joues roses d'émotion, elle eut l'air littéralement captivé, sous le charme.

Au moment où il prit ses lèvres, Becca écarquilla de grands yeux stupéfaits. Mais elle s'abandonna à son baiser avec un gémissement de plaisir, sans plus se soucier du reste du monde…

Elle ne recouvra ses esprits que lorsqu'il redressa la tête. Sans même s'en rendre compte, elle avait enfoui les doigts dans ses cheveux épais…

— Excusez-moi, excusez-moi…, répéta-t-elle, incapable de rien trouver d'autre à dire.

Elle évitait son regard, mais elle avait envie de se serrer contre lui pour s'enivrer de nouveau de son odeur et sentir la force de son désir…

— Bien. A présent, je ne suis plus un inconnu pour vous, déclara-t-il sur un ton très pragmatique.

— Ah…

Elle n'arrivait plus à parler et avait l'impression d'être devenue complètement stupide.

Il prit son poignet et déplia un à un ses doigts serrés.

— Vous pouvez donc accepter ces quelques billets, ajouta-t-il.

Becca devint écarlate.

— Je vous les rendrai, répliqua-t-elle simplement.

Pour l'instant, elle avait surtout envie de mettre la plus grande distance possible entre cet homme et elle, pour l'oublier et ne plus penser à ce qui venait de se produire.

S'engouffrant à l'intérieur de sa vieille Austin, elle jeta l'argent sur le siège du passager et boucla sa ceinture. Puis elle mit le contact, passa la première avec un grincement affreux et s'éloigna sans un regard dans le rétroviseur.

C'est seulement après avoir parcouru quelques centaines de mètres qu'elle se rendit compte qu'elle ne savait même pas son nom.

6.

La neige tombait plus dru maintenant, et Becca se demandait s'il ne serait pas judicieux de s'arrêter. Elle n'eut pas le loisir de s'interroger très longtemps, car le moteur de l'Austin se mit à hoqueter avant de se bloquer tout à fait.

En dépit de ses tentatives répétées, elle ne réussit pas à redémarrer.

Que faire ? Rester assise à l'intérieur ou marcher dans le froid pour chercher de l'aide ?

Soudain, la portière s'ouvrit sur le bel inconnu.

— Que faites-vous ici ? s'écria-t-elle, interloquée.

— Je vole à votre secours. Vous me remercierez plus tard.

Les pensées de Becca se précipitèrent dans son esprit.

— Vous m'avez suivie ?

Il lui adressa un sourire au charme dévastateur, qui déclencha des picotements de plaisir dans son ventre.

— Naturellement, je vous ai suivie ! Allons, venez avant que ma voiture ne soit complètement enneigée.

Quand elle descendit, le vent et le froid coupants la saisirent. Elle courut se réfugier dans l'atmosphère chaleureuse et confortable de la Jaguar.

— Pourquoi m'avez-vous suivie ? demanda-t-elle.

— J'avais encore envie de vous embrasser…

Elle rougit et son estomac se contracta.

— Vous plaisantez, n'est-ce pas ?

Il la considéra avec une flamme étincelante au fond de ses yeux noirs.

— Certainement pas. J'ai adoré ce baiser.

Ils effectuèrent en silence le trajet qui les séparait d'une auberge de campagne, située à quelques kilomètres.

— Où sommes-nous ? demanda Becca lorsqu'ils arrivèrent devant la bâtisse à colombages.

— Dans un endroit où nous pourrons passer la nuit. Vous ne voyez pas d'objection à cela, j'espère ?

— Il serait sans doute imprudent de continuer à rouler par ce temps, balbutia-t-elle.

— Nous allons prendre une chambre.

Je suis en train de commettre une folie ! songea Becca.

— Deux, rectifia-t-elle.

— Cela me semble un peu excessif, mais je veux bien, si cela vous paraît nécessaire.

A l'évidence, il savait parfaitement ce qu'elle ressentait…

Elle le retint par le bras alors qu'il s'apprêtait à ouvrir sa portière.

— Attendez !

— Oui ?

— Comment vous appelez-vous ?

Un large sourire se dessina sur ses lèvres.

— Christos, *yineka mou.*

*
* *

Le propriétaire de l'auberge commença par quelques commentaires sur le mauvais temps, avant de leur demander s'ils voulaient dîner.

— Quelques sandwichs suffiront, merci, se hâta de répondre Becca.

Du regard, l'aubergiste demanda confirmation à Christos.

— Bien, je vous prépare un repas froid dans la salle à manger, avec une Thermos de café. Vos chambres sont les deux premières à gauche en haut de l'escalier.

Puis il leur tendit les clés.

— Vous voulez vous installer ? demanda Christos.

— Je vais d'abord voir la salle à manger, annonça aussitôt Becca.

Elle attendit dix bonnes minutes avant de se risquer à l'étage. Respirant profondément, elle ouvrit la première porte au hasard. La chambre était vide. Après avoir refermé doucement la porte, elle recula sur le palier. La main tremblante, elle ouvrit la deuxième porte. Personne…

— Vous avez fini d'explorer ?

Elle sursauta violemment et se retourna. Christos était là, sur le seuil de la salle de bains, une simple serviette nouée autour des reins. Il venait de prendre une douche et sa peau bronzée était encore humide.

Becca resta clouée sur place, littéralement hypnotisée par ce magnifique corps d'athlète à la carrure imposante, ce ventre plat et ces cuisses puissantes. Au bout d'un moment interminable, elle bredouilla enfin :

— Je… Désolée… Je me suis trompée de…

Incapable d'achever sa phrase, elle porta les mains à ses joues brûlantes.

— Je m'en vais, ajouta-t-elle en secouant la tête.

— *Non !* Ne partez pas. Restez là, avec moi.

A peine eut-il terminé que Becca se précipita dans les bras de Christos. Quel bonheur de se blottir contre lui, même s'il la serrait à lui en faire perdre le souffle ! Il l'embrassa avec une sorte de désespoir éperdu. Becca n'avait qu'une envie, suspendre le temps et ne plus jamais reprendre contact avec la réalité. C'était sûrement un accès de folie, mais ô combien délicieux !

Ce n'est pas de l'amour, c'est purement sexuel, se dit-elle. Puis, elle cessa de penser pour s'abandonner au flot d'émotions et de sensations qui la submergeaient.

Sans cesser de l'embrasser, Christos lui ôta son manteau et la débarrassa de son pull-over.

— Je rêve de te déshabiller depuis le premier instant où j'ai posé les yeux sur toi. Comme tu sens bon…

Il dégrafa son soutien-gorge et effleura ses seins.

— Tu es parfaite.

Puis il la souleva dans ses bras pour la porter sur le lit.

De toute sa vie, c'était la première fois que Becca perdait ainsi le contrôle. Jamais elle n'avait imaginé une expérience aussi inouïe. Elle ferma les paupières et un rire de joie s'échappa de sa gorge.

Quand elle rouvrit les yeux, Christos s'allongeait à côté d'elle. Une douce chaleur émanait de son corps et elle se pelotonna contre lui tandis qu'une pulsation exquise, lancinante, se mettait à battre entre ses cuisses.

— J'ai envie de te toucher, de te caresser, murmura-t-elle.

Il plongea les yeux au fond des siens quand elle traça

de sa main une ligne de feu sur son ventre. Puis, avec un gémissement rauque, il s'empara de ses lèvres.

Puis il l'aida à ôter son jean. Enfin elle était nue devant lui… Un cri aigu lui échappa au moment où les lèvres de Christos se posèrent sur le secret de sa féminité, déclenchant un déferlement de frissons délicieusement érotiques.

Il écarta ses cuisses et entra en elle. Becca connut alors une extase indicible, dont elle n'avait jamais encore soupçonné l'existence. Cela dépassait les limites de l'entendement et de la conscience. Elle savait seulement qu'elle était sur le point de défaillir…

Elle poussa un cri et enfonça ses ongles dans les épaules de Christos avant de fermer les yeux pour conserver au plus profond de sa mémoire le souvenir ébloui de cet instant.

— Regarde-moi ! s'écria-t-il soudain d'une voix rauque.

— Oui, murmura-t-elle.

Et elle répéta ce *oui* encore et encore, inlassablement, jusqu'à ce que le souffle lui manque. Alors, elle céda à la plus merveilleuse des inconsciences, dans une harmonie parfaite de tous les sens.

Leurs deux êtres vibraient à l'unisson et elle entendait le cœur de Christos résonner à l'intérieur de son propre corps. Elle resserra convulsivement ses bras autour de lui, dans une ultime tentative pour prolonger ces quelques minutes inoubliables. Puis ils demeurèrent longtemps enlacés, sans bouger, de peur de rompre le charme.

Finalement, Christos roula sur le côté et lui sourit avec une tendresse désarmante.

— J'étais fatigué, s'excusa-t-il. Ce sera mieux la prochaine fois.

— Alors je mourrai de plaisir, répondit-elle avec conviction.

Il éclata de rire en l'attirant tout contre lui, et s'endormit presque aussitôt.

7.

Assise au milieu des matériaux épars d'une maquette qui se transformerait bientôt, avec l'aide de ses petits élèves, en village de l'âge de bronze, Becca avait du mal à se concentrer.

Le visage de Christos ne cessait de s'imposer à son esprit. Presque aussitôt, un terrible sentiment de perte l'envahissait. Un sentiment ridicule, car comment aurait-elle perdu quelque chose qu'elle n'avait jamais possédé ?

Malheureusement, elle n'y pouvait rien et ne parvenait pas à gommer de sa mémoire la perfection de sa bouche, ni l'émotion incroyable que le souvenir de ses beaux yeux noirs suscitait en elle. Un désir inextinguible, dévorant, la tourmentait sans répit.

Baissant les yeux sur ses mains tremblantes, elle se mordit la lèvre. *Regarde les choses en face !* se dit-elle. *Pendant que tu te morfonds en pensant à lui, il est probablement en train de se promener au bras d'une fiancée à la beauté étourdissante !*

Elle essuya rageusement une larme de colère et de chagrin qui roulait le long de sa joue.

Il faut que cela cesse ! résolut-elle. *N'importe qui*

imaginerait que je suis tombée amoureuse de cet homme !

Elle se figea. *Oh, mon Dieu… !*

Au cours des derniers mois, elle s'était concentrée sur de faux problèmes. Elle qui croyait fièrement avoir résolu tous les problèmes pratiques liés à sa prochaine maternité était en réalité bien loin du compte… Que de temps perdu à réfléchir inutilement sur la meilleure façon d'élever seule son enfant ! En fait, la difficulté se situait ailleurs… Comment réussirait-elle à vivre sans l'homme qu'elle aimait ?

C'était stupide et dément tout à la fois. Elle était tombée amoureuse d'un homme qui ne se souvenait probablement même pas de son prénom !

Un petit rire étranglé s'échappa de ses lèvres. La secrétaire de Christos l'avait peut-être noté quelque part ? Comme elle s'était senti blessée, le jour où elle avait reçu dans un paquet le sac qu'elle avait perdu, ce fameux jour, accompagné d'un simple mot tapé à la machine ! Même s'il n'accordait aucune importance à leur brève rencontre, il aurait au moins pu le signer de sa main !

Dans un premier élan, Becca avait éclaté en sanglots et déchiré la lettre. Puis, après s'être aspergé le visage d'eau froide, elle avait reconstitué les morceaux du puzzle pour noter l'adresse.

Elle s'était sentie un peu soulagée après avoir envoyé à Christos un chèque pour rembourser l'argent qu'il lui avait prêté. *Point final*, s'était-elle dit. Mais elle ignorait, alors, qu'elle était enceinte.

Rejetant ses cheveux en arrière, elle se leva et aperçut son reflet dans la glace, à travers son regard embué de larmes.

Quelle idiote ! se dit-elle. *Tomber amoureuse d'un homme qu'on considère comme son ennemi ! Il n'y a pas plus stupide.*

Malgré elle, elle revécut l'instant fatal où elle avait découvert l'identité de son amant d'une nuit…

Assoiffée, Becca se leva pour aller chercher un verre d'eau. Heureusement, la lueur de la lune filtrait à travers les rideaux et éclairait la pièce. Mais soudain, elle s'empêtra dans les vêtements éparpillés par terre et trébucha contre une chaise. Elle ramassa la veste de Christos qui était tombée, ainsi que le portefeuille qui en avait glissé. En le remettant en place, elle aperçut le nom sur sa carte de crédit…

Oh non ! Seigneur, qu'avait-elle fait ? Elle porta la main à sa bouche pour réprimer un cri horrifié.

Elle se précipita dans la salle de bains pour se rhabiller, dans le noir, et traversa la chambre sur la pointe des pieds. Sur le seuil, elle se retourna, et malgré elle, elle revint sur ses pas pour contempler son amant une dernière fois. Dans la pénombre, son torse musclé se soulevait régulièrement. Elle avait envie de toucher sa peau bronzée…

S'agenouillant à côté du lit, elle inspira pour se donner du courage, et tendit la main, en s'immobilisant à quelques centimètres à peine de sa poitrine.

Elle devait s'enfuir, pensa-t-elle confusément. A cet instant, Christos bougea dans son sommeil en murmurant quelque chose. Puis il ouvrit les yeux. Immédiatement, la flamme de la passion se ralluma dans son regard. Il tendit la main pour caresser la joue de Becca et se redressa d'un bond pour allumer la lampe de chevet.

— Tu pleures !

La gorge nouée, Becca ferma les yeux.

— Tu es habillée !

Il se leva brusquement et prit son visage entre ses mains pour scruter longuement le visage de Becca. Même alors, en sachant qu'elle ne pouvait se fier à lui, qu'il était un menteur et un manipulateur, elle dut lutter contre cet instinct qui la poussait vers lui. Un instinct qui lui soufflait pourtant qu'elle pouvait avoir confiance et s'abandonner en toute quiétude…

— Que se passe-t-il, *yineka mou* ?

Ce mot tendre lui transperça le cœur plus douloureusement qu'une flèche.

— Je n'ai pas l'habitude de ce genre de brèves rencontres, avait-elle déclaré sur un ton de défi. C'est même la première fois.

— Becca ! s'exclama-t-il, avec une indulgence inquiète et amusée. Qui parle de brève rencontre ?

Incapable de répondre, Becca se contenta de le regarder d'un air lourd de reproche. Pourquoi fallait-il que cet homme qu'elle haïssait soit en même temps aussi séduisant ?

Rassemblant tout son courage, elle murmura :

— Même quelqu'un d'aussi naïf que moi aurait dû se douter que tu n'étais pas un simple agent de sécurité.

Il se raidit, et elle ajouta :

— Oui… Je sais que tu t'appelles Carides.

— Ah…, répliqua-t-il simplement, en apercevant son portefeuille qui était resté par terre.

— C'est tout ce que tu trouves à dire ? J'imagine que je devrais être éperdue de reconnaissance. Rares sont celles qui ont eu la chance de passer une nuit avec le magnat grec de la finance internationale !

Il l'observa un instant en silence.

— Tu réagis d'une manière totalement excessive, dit-il enfin. Il n'y a rien de changé par rapport à tout à l'heure. Fondamentalement, je suis le même homme.

— Vraiment, tu ne comprends pas ? s'écria-t-elle, les poings serrés. Jamais je ne me pardonnerai d'avoir couché avec un de mes ennemis.

— Pourquoi le nom que je porte ferait-il de moi un ennemi ? demanda-t-il en fronçant les sourcils. Que tu en veuilles à mon cousin, je le conçois, mais je ne suis pour rien…

— Vous êtes pareils, tous les deux ! le coupa Becca, furieuse.

Exaspéré, Christos lança un juron dans sa langue natale.

— Même si ce qu'il t'a fait…

— Ce n'est pas à moi, mais à ma sœur qu'il a fait quelque chose.

Durant le silence qui suivit, Becca garda obstinément les yeux baissés pour ne pas regarder Christos.

— Tu veux dire que toi et Alex n'avez jamais… ?

— Je ne le connais pas. Je l'ai vu de loin, c'est tout. De toute façon, il n'est pas mon genre. Il est un peu trop sûr de lui et parle beaucoup trop fort à mon goût.

— Tu n'as jamais couché avec mon cousin ? demanda-t-il d'un ton sec.

Becca haussa les épaules.

— Tu n'étais pas enceinte de lui ? poursuivit-il.

— Je n'ai jamais rencontré un seul Carides avant toi, déclara-t-elle en frissonnant.

Un rayon de lune éclairait le corps de Christos, faisant ressortir sa superbe musculature…

— Tu m'as fait croire…

— Je ne t'ai rien fait croire du tout ! protesta-t-elle. C'est toi qui as tiré des conclusions un peu hâtives.

— Dans ce cas, nous sommes quittes.

— Je ne suis pas d'accord !

— Nous en discuterons demain matin. Viens dans le lit. Et déshabille-toi.

Elle s'empourpra en regardant ses doigts mêlés à ceux de Christos. Et le désespoir l'envahit quand elle sentit qu'elle n'aurait pas assez de courage pour résister.

— Tu crois vraiment que je vais me recoucher ? lança-t-elle.

— Tu hésites encore ?

Il prit son menton entre le pouce et l'index et l'obligea à le regarder dans les yeux.

— Tu en as très envie, je le sais, ajouta-t-il d'une voix enjôleuse.

Un cri de détresse s'échappa de la gorge de Becca. Secouant la tête pour chasser les images qui l'obsédaient, elle se releva lentement et prit un biscuit sur une assiette. Le médecin lui avait conseillé de manger souvent et par petites quantités pour lutter contre les nausées.

Elle avait été malade pendant plusieurs semaines, mais son état, heureusement, s'améliorait. En tout cas, elle serait bientôt obligée d'annoncer sa grossesse à tout le monde…

Assaillie par une nouvelle crise de larmes, elle incrimina son déséquilibre hormonal. Jamais elle n'avait eu les nerfs aussi à vif. Dans un geste de protection instinctive, elle posa une main sur son ventre qui commençait à s'arrondir. Un sourire timide se forma sur ses lèvres tremblantes. Les choses ne se passaient jamais vraiment comme on les imaginait…

Dans ses rêves de jeune fille, même si le père de son enfant n'avait ni nom ni visage, il accueillait toujours avec une explosion de joie incrédule l'annonce de sa paternité. Malheureusement, cela ne risquait pas de se dérouler ainsi dans la vraie vie…

8.

Becca sursauta en entendant la sonnerie du téléphone. C'était sa sœur Erica.

— Je voulais juste savoir si tu étais chez toi, déclara celle-ci. Je ne te dérange pas plus longtemps. A plus tard.

Becca fronça les sourcils quand Erica raccrocha. Sa sœur avait un comportement bizarre, ces derniers temps… Avait-elle deviné, pour le bébé ? Elle avait parfois un sourire curieusement indulgent pour excuser ses sautes d'humeur…

Quoi qu'il en soit, Becca n'eut guère le temps de réfléchir à la question car on sonna à la porte. Un peu étonnée, elle alla ouvrir.

Immédiatement, elle se sentit envahie par la panique. Etait-elle en proie à une hallucination ? Elle cilla plusieurs fois les yeux, mais l'apparition demeura, apparemment bien réelle. Aussi réelle que la vague de désir qui s'emparait d'elle.

Les jambes chancelantes, elle s'agrippa à la poignée de la porte.

— Tu… Que fais-tu ici ?

Une étrange envie de se blottir contre cet homme qui la dominait de toute sa hauteur se mêlait à ses craintes et ses soupçons. Quel bonheur cela aurait été d'appuyer son front contre son torse, de respirer le parfum subtil et musqué de son corps viril…

— Tu me fais entrer ? demanda Christos.

Sans pouvoir prononcer un seul mot, Becca secoua vigoureusement la tête.

— Tu as pleuré, observa-t-il sur un ton accusateur, en fronçant les sourcils.

Soudain, la conversation qu'elle avait eue avec sa sœur, quelque temps auparavant, revint à la mémoire de Becca.

— A quoi ressemble ce Christos ? avait demandé Erica.

Becca avait haussé les épaules en détournant la tête pour cacher ses joues écarlates.

— Il est assez beau. Si on aime ce genre de bruns méditerranéens.

— Alex était très jaloux de lui. Tu as vu sa fiancée ?

Incapable de maîtriser sa réaction et au risque d'éveiller les soupçons de sa sœur, Becca avait blêmi en s'écriant :

— Christos est fiancé ?

— Oui. Elle est grecque. Sa photo traîne dans tous les magazines…

Becca secoua la tête pour chasser ce souvenir.

— Elle est avec toi ? demanda-t-elle d'une voix inquiète.

— Qui donc ? répliqua Christos, perplexe. Je suis seul.

Effectivement, il n'y avait personne derrière lui. Personne non plus dans la décapotable rutilante garée le long du trottoir, qui alimenterait sans doute durant quelque temps les questions et les conversations des voisins…

— Je ne vais pas rester là sur le pas de ta porte, reprit Christos.

Becca continua à le fixer. Ces derniers mois, pour atténuer son chagrin et ses regrets, elle s'était presque convaincue d'avoir enjolivé et exagéré les qualités de Christos. Mais maintenant qu'il se tenait devant elle en chair et en os, le charme extraordinaire qui émanait de lui la subjuguait de nouveau.

— Tu n'es pas le bienvenu, réussit-elle enfin à articuler.

Il plongea ses yeux noirs dans les siens.

— Ne sois pas ridicule, répondit-il d'un ton froid.

Elle redressa le menton d'un air de défi.

— Sans compter que je suis très occupée.

Et que je suis enceinte…

— Nous ne pouvons pourtant pas discuter sur le palier, insista-t-il.

— Je ne veux pas parler avec toi.

— Tu réagis comme une enfant.

Becca inspira profondément et essuya ses mains moites sur son pantalon de jogging. Elle regrettait de s'être changée et d'avoir enfilé ces vieux vêtements d'intérieur…

Après l'avoir longuement détaillée, Christos sortit de sa poche un petit objet suspendu à une chaîne.

— Mon médaillon ! s'exclama-t-elle. Oh, merci.

Un frisson la parcourut quand leurs doigts s'effleurèrent.

— Nous n'en avons pas encore fini, tous les deux, murmura Christos en faisant un pas en avant.

Une panique épouvantable s'empara de Becca. Comment avait-elle espéré lui cacher sa grossesse ?

— C… Comment as-tu deviné ? demanda-t-elle avec un mélange d'effroi et de soulagement.

Au moins, elle comprenait mieux, à présent, pourquoi il était furieux.

Il la considéra avec une expression décontenancée.

— Deviné quoi ?

— Rien.

Elle baissa les yeux en ajoutant :

— Un instant, j'ai cru…

— Quoi donc ?

Elle cilla plusieurs fois les paupières. Il ne savait rien. Seuls son médecin et la directrice de l'école étaient au courant. Cette dernière s'était d'ailleurs montrée particulièrement arrangeante et compréhensive et lui avait suggéré de prendre un temps partiel après son congé de maternité.

— Peu importe, bredouilla-t-elle.

Puis elle figea un sourire impersonnel sur ses traits.

— Le moment me semble mal choisi pour discuter…

— Je n'ai pas l'intention de repartir tout de suite, Becca.

— Ce serait pourtant préférable.

Il plissa les yeux en scrutant son visage.

— Je ne te crois pas. Je sais que je t'ai manqué.

— Tu n'as rien perdu de ton arrogance !

— Pourquoi es-tu sur la défensive ?

— Et toi aussi sûr de toi ? Tu ne peux pas savoir ce que je ressens.

— Si, Becca. Quand je me regarde dans la glace le matin… Je n'arrive pas à t'oublier.

Becca sentit les battements de son cœur s'accélérer, mais elle s'obligea néanmoins à conserver une façade d'indifférence. Si elle commençait à fléchir, elle allait au-devant d'inévitables souffrances et humiliations.

— Nous avons vécu une simple aventure…, commença-t-elle.

Entre les sourcils de Christos, le sillon se creusa davantage encore.

— Je n'ai pas l'habitude de ce genre de situations.

— Moi non plus ! rétorqua-t-elle.

— Tu ne m'as pas dit au revoir.

— Je ne comprends pas.

Il contempla ses lèvres et Becca vit une étincelle de désir s'allumer au fond de ses yeux noirs.

— Tu étais partie quand je me suis réveillé. En fait, tu t'es servie de moi pour ton plaisir, sans le moindre scrupule !

Décontenancée, Becca demeura d'abord sans voix. Puis son indignation reprit le dessus. Comment pouvait-il être hypocrite à ce point ?

— Alors que toi, évidemment, tu voulais t'engager pour la vie entière ? ironisa-t-elle.

— Cela t'amuse ? Tu aurais peut-être moins ri si tu t'étais retrouvée à ma place.

— Je voulais t'épargner l'embarras des adieux.

— Ne sois pas ridicule et arrête de faire semblant. Je n'ai jamais rencontré une femme aussi naïve que toi.

— Désolée de ne pas être à la hauteur…

Christos égrena un chapelet de jurons dans sa langue natale.

— Ce n'est pas la question ! tonna-t-il.

En tout cas, il n'avait pas été insensible à l'ironie de la situation… Lui qui, toute sa vie, avait pris la fuite au petit matin, il s'était retrouvé dans la position de l'arroseur arrosé et son orgueil de mâle en avait pris un coup…

Il n'avait tout simplement pas supporté l'absence de Becca à son réveil. Il avait éprouvé le besoin déchirant de sa douceur, de la tiédeur de son corps contre le sien. Depuis, tous les matins, il devait affronter cette terrible frustration.

— C'est pourtant bien toi qui reprochais à mon cousin d'avoir abandonné ta sœur ?

— Tu ne t'identifies tout de même pas à une jeune fille de dix-huit ans ? s'indigna Becca.

Une grimace de dépit et de frustration se peignit sur le visage de Christos.

— Tu t'es sauvée comme une voleuse en plein milieu de la nuit !

— Tu es blessé dans ton amour-propre ! Mais ne t'inquiète pas, personne n'en saura rien. Ce n'est pas un acte dont je me vanterai.

— Tu as pourtant déjà tout raconté à quelqu'un… Ta sœur m'a écrit pour me parler de ton état de fatigue physique et mentale.

— Je ne suis pas fatiguée…

Becca s'interrompit brusquement en prenant conscience de ce qu'il venait de dire.

— Ma sœur t'a écrit ? Elle est au courant de ta visite ?

— Je lui ai téléphoné pour savoir si tu étais chez toi. Elle se fait beaucoup de souci pour toi. Et elle me juge responsable de l'état dans lequel tu es.

Becca comprenait maintenant le coup de fil bizarre

de sa sœur. Mais pourquoi avait-elle fait une chose pareille ?

— Il fallait de toute façon que je te revoie pour te donner ton pendentif, reprit Christos.

— Tu aurais pu me le renvoyer par la poste. Cela t'aurait évité de mentir à ta fiancée sur les raisons de ton déplacement dans le Yorkshire.

Le visage sévère, Christos se crispa.

— Que sais-tu au sujet de Melina ?

— Peu de choses, mais je la plains.

Christos baissa les yeux sans protester, ce qui renforça les soupçons de Becca.

— J'ai le plus grand mépris pour les menteurs, reprit-elle. *Et pour les personnes infidèles en général…*

— Nos fiançailles sont rompues.

— Elle a découvert que tu la trompais ?

— Nous n'étions pas faits l'un pour l'autre, c'est tout, déclara-t-il abruptement. Mais je n'ai pas l'intention de discuter de Melina avec toi, Becca.

— Je me moque éperdument de tes intentions.

Becca se rendit brusquement compte que Christos avait l'air épuisé. Lui d'ordinaire si soigné, toujours impeccable, portait un costume froissé et une chemise au col déboutonné, avec le nœud de cravate desserré. Sans doute avait-il été très ébranlé par sa rupture avec cette femme, Melina…

— Tu l'aimais ? demanda-t-elle.

Christos la regarda d'un air interdit et elle s'empourpra violemment.

— Excuse-moi, cela ne me regarde pas.

— C'est vrai.

— A-t-elle découvert notre aventure ?

Il secoua la tête.

— Ma rupture avec Melina n'a rien à voir avec nous.

Evidemment ! Qu'allait-elle donc s'imaginer ? Pourquoi aurait-elle eu la moindre importance aux yeux de Christos ? Il cherchait seulement à se consoler dans ses bras après avoir perdu son idéal, peut-être même l'amour de sa vie !

Et après tout, n'était-elle pas libre et disponible ?

Pourquoi pas ?

Mais non, plus maintenant ! Pas cette fois-ci ! C'était trop facile pour lui, et elle n'était pas un jouet.

Becca redressa le menton.

— Ecoute, tu es venu parce que ma sœur t'a écrit. Mais, comme tu le vois, je vais très bien.

Les secondes s'égrenèrent lentement dans un silence lourd, pendant lequel Christos observait attentivement la jeune femme.

— Je ne pense pas que tu ailles très bien, déclara-t-il enfin. Et je ne suis pas ici à cause de la lettre de ta sœur.

— Pourquoi alors ?

— Ce n'est pas un endroit pour toi, ici.

Elle plissa le front.

— Que veux-tu dire ?

Il planta ses yeux de velours noir dans les siens.

— Je te veux auprès de moi. Dans mon lit.

9.

Becca s'obligea à respirer et se mit à rire, en espérant être convaincante.

— Cela ne risque pas d'arriver !

Traîtreusement, une image flotta dans sa mémoire. Elle revoyait Christos endormi à côté d'elle, le drap qui avait glissé sur ses hanches… Il avait l'air reposé et heureux, alors, presque vulnérable…

— Pourquoi retournerais-je dans le lit d'un homme qui ne m'a même pas donné sa véritable identité ?

— Ton indignation n'est pas crédible. Tu as couché avec moi une deuxième fois, même après avoir découvert que j'étais ton ennemi, comme tu dis.

Sans attendre de réponse, il la contourna et entra dans le salon. Lorsqu'elle le rejoignit après avoir refermé la porte, il passait distraitement un doigt sur la tranche du livre posé sur le bras d'un fauteuil.

— Ce n'est pas quelque chose dont je suis très fière, répliqua-t-elle. De toute façon, je ne suis pas partie en pleine nuit. Il faisait jour et tu dormais. Je crois que même un tremblement de terre n'aurait pas troublé ton sommeil.

Epuisé par le décalage horaire, Christos avait en

effet dormi jusqu'à 14 heures, pour découvrir, furieux, qu'il était seul.

— As-tu, au moins, essayé de me réveiller ?

Elle détourna la tête, refusant de répondre.

— D'après ce que ta sœur m'a dit, ta santé n'est pas très bonne, ces temps-ci.

— Erica exagère. J'ai eu une grippe intestinale. C'est tout.

Elle rougit en évitant son regard. *Il ne peut pas savoir. C'est impossible.*

— Tu vas mieux, maintenant ?

— Oui, merci. Ton attention me touche beaucoup, ironisa-t-elle.

— Je ne suis pas stupide, Becca.

— Je ne comprends pas ce que tu veux dire, marmonna-t-elle en haussant les épaules.

— Mais si.

Il paraissait implacable, déterminé, et elle ne réussirait pas longtemps à nier l'évidence, elle le sentait… Soudain, les oreilles de Becca se mirent à bourdonner et ce fut comme si le monde basculait autour d'elle.

Etouffant un chapelet de jurons, Christos la porta jusqu'au fauteuil et l'obligea à s'asseoir. Puis il lui donna quelques instructions sèches et rapides pour lui indiquer une technique de respiration profonde.

— Tu as besoin de consulter un médecin.

— J'ai besoin d'être seule, c'est tout.

Au bout de quelques minutes, la tête cessa de lui tourner et elle parvint à se redresser.

Immédiatement, Christos la lâcha et recula d'un pas pour l'observer d'un air sombre, les bras croisés sur sa poitrine. Il paraissait tendu, fatigué. Avec un soupir, Becca passa une main sur son front et s'excusa :

— Désolée. J'aurais dû manger à midi. Cela ne me vaut rien de sauter un repas.

— Nous avons été très imprudents.

De nouveau, le commentaire de Christos lui mit le rouge aux joues. Portant la main à son cœur, Becca tenta de se ressaisir, malgré le flot d'émotions qui l'assaillaient.

Au bout de quelques secondes interminables, elle haussa les épaules.

— Que veux-tu dire ?

— La grossesse provoque ce genre de malaise.

— Je ne me suis pas évanouie.

— Tu ne joues pas très bien la comédie. L'idée m'a traversé l'esprit quand ta sœur m'a parlé de ton état de santé. Maintenant, je n'ai plus de doute.

Incapable de nier, Becca se contenta de le regarder avec une expression paniquée.

— J'ai beaucoup d'intuition. La première fois que je t'ai vue, j'ai su tout de suite que tu serais une source de problèmes pour moi. Mon instinct me trompe rarement.

Il s'installa dans le fauteuil en face d'elle et Becca passa nerveusement la langue sur ses lèvres. Comme chaque fois qu'elle était en présence de lui, l'atmosphère se chargeait d'électricité et la tension sexuelle était presque palpable.

— Eh bien, tu aurais dû écouter ton instinct et garder tes distances, déclara-t-elle d'une voix sourde.

— Becca, tu es enceinte, n'est-ce pas ?

— De toute façon, cela ne te regarde pas.

Un mélange de colère et d'étonnement se peignit sur les traits de Christos.

— Sauf si c'est moi le père.

Sa remarque déclencha la fureur de Becca, qui se leva d'un bond, des éclairs dans les yeux.

— *Si ?* hurla-t-elle. *Si ?* Qui d'autre le serait, à part toi ?

Il se contenta de hausser les sourcils.

— Donc, tu es enceinte.

Elle finit par hocher la tête.

Christos poussa un juron et se prit la tête entre les mains. Sa réaction blessa infiniment Becca. La douleur qu'elle éprouvait était atroce. Dire que dans ses rêves romantiques, elle avait toujours imaginé que l'annonce de sa grossesse constituerait l'un des plus beaux moments de sa vie…

— Ça va ? demanda-t-elle d'une voix faible.

Sa question hésitante força Christos à redresser la tête.

— Moi ? Tu me demandes si ça va pour moi ?

Il se sentait accablé. Becca lui avait-elle tendu un piège diabolique ? Lorsqu'on s'appelait Christos Carides, on était forcément une cible de choix pour toutes sortes d'intrigantes et d'aventurières.

— Tu n'as pas d'inquiétude à avoir, murmura-t-elle.

— Ah bon ? Tu crois vraiment ?

Becca secoua vigoureusement la tête.

— Je n'ai pas l'intention de devenir la future Mme Carides.

— C'est bien dommage. Mais tu sauras t'adapter, j'en suis sûr.

— Qu'est-ce que tu veux dire ?

Il poursuivit, comme si elle ne l'avait pas interrompu :

— Il faudra que je réorganise complètement mon

emploi du temps. Un délai d'un mois me semble raisonnable pour préparer le mariage. Qu'en penses-tu ?

— Pardon ?

— Tu n'auras pas à te soucier des détails de la cérémonie, continua-t-il. Je m'occuperai de tout moi-même.

A ce moment-là, Becca éclata d'un rire hystérique, totalement incontrôlable.

— Qu'y a-t-il de si drôle ? lança Christos, perplexe.

— Tu es complètement fou, observa-t-elle.

Pourtant, songea-t-elle avec effroi, il paraissait tout à fait sensé et équilibré.

— Nous pouvons en discuter, évidemment. Je saurai tenir compte de tes suggestions si tu en as.

De nouveau, elle se mit à rire.

— De toute façon, pour des raisons évidentes, le plus tôt sera le mieux, reprit-il.

Comme elle ne répondait pas, il ajouta :

— N'est-ce pas, Becca ?

— Mais je ne veux pas me marier !

— Je trouve ta désinvolture tout à fait déplacée, protesta-t-il sèchement.

— Attention, Christos, lança-t-elle en s'efforçant de garder son calme. Ne me pousse pas à bout, parce que je suis au bord de l'hystérie. Puisqu'à l'évidence nous ne vivons pas dans le même monde, laisse-moi t'expliquer quelque chose. Nous sommes au XXIe siècle. Les gens ne se marient plus parce qu'ils attendent un bébé.

Il esquissa un sourire moqueur.

— Ce que font les autres ne m'intéresse absolument pas.

La plupart des hommes auraient dit cela par orgueil. Christos, lui, le pensait réellement.

— Bien. Je vais reformuler les choses autrement.

Je n'ai pas l'intention de me marier parce que je suis enceinte.

Visiblement, il était lui aussi à bout de nerfs et d'impatience.

— Tu changeras d'avis quand tu auras réfléchi à la situation…

— Ne me parle pas sur ce ton supérieur.

— Tu es une femme sensée, reprit-il, exaspéré.

— Oh non ! Sinon, je ne me serais pas mise dans cette situation.

— Garde ton calme. Tout cet énervement n'est certainement pas bon pour le bébé.

Instinctivement, Becca posa les mains sur son ventre.

— Laisse-moi tranquille et va-t'en, si tu ne veux pas que je m'énerve.

— Non, Becca.

— J'ai tout prévu, depuis mon congé de maternité jusqu'à l'inscription à la crèche. Si tu tiens vraiment à m'aider, tu participeras aux frais de son éducation quand il, ou elle, sera plus grand. Les études supérieures sont de plus en plus coûteuses. Moi-même, je n'ai pas encore fini de rembourser mon emprunt d'étudiante à la banque.

Christos l'observait comme si elle avait perdu la tête.

— Et en attendant ses dix-huit ans, quel sera mon rôle ? Aurai-je au moins le droit d'envoyer des cadeaux pour Noël et son anniversaire ?

Un instant, ils se toisèrent avec défi. Puis, brutalement la colère de Becca retomba. Après tout, il faisait ce que sa conscience et son devoir lui dictaient. Elle ne pouvait pas lui en vouloir.

— Nous finirons bien par trouver un terrain d'entente, déclara-t-elle, conciliante.

Christos, cependant, ne se radoucit pas.

— J'ai le sens de mes responsabilités. Jamais je ne me contenterai d'un rôle de second plan. Je suis le père, pas un oncle éloigné.

Oui, et pourvu que cet enfant te ressemble ! songea Becca, en dépit de la lueur hostile qui brillait dans les yeux de Christos.

— Et moi je suis sa mère, répliqua-t-elle, même si cela ne te plaît guère.

— Bien évidemment, tes souhaits sont à prendre en compte, mais n'est-ce pas du devoir des parents de faire passer les besoins de leur enfant avant leurs propres désirs égoïstes ?

— Tu m'accuses d'être égoïste ? cria-t-elle. Je saurai aimer mon enfant, tu n'as pas à en douter.

— *Notre* enfant, corrigea-t-il. Non, je n'ai pas d'inquiétude là-dessus.

Elle se détendit un peu tandis qu'il poursuivait :

— Que vaut-il mieux pour un enfant ? Etre élevé par une mère célibataire ou faire partie d'une famille ? Tu ne songes pas à son intérêt quand tu cherches à tout prix à le priver d'une relation avec son père.

— Ce n'est pas mon objectif ! Simplement, je ne pensais pas que tu revendiquerais ta paternité. Quant à ton projet de mariage, c'est… franchement ridicule !

— *Ridicule ?* Vraiment ? répéta-t-il sur un ton scandalisé. Tu trouverais ridicule de te marier avec moi ?

Becca hocha fermement la tête.

— Oui. Tu n'es pas dans ton état normal, ce qui est compréhensible. Tu es encore sous le choc. Mais essaie d'imaginer la réaction des membres de ta famille.

— Leur avis m'importe peu. Je n'ai pas besoin de les consulter pour prendre des décisions importantes.

— Pense à ce que dirait ta mère !

Sans nul doute, Mia Carides suggèrerait à son fils de verser une confortable pension alimentaire à la petite gourde qui essayait de mettre le grappin sur lui…

La tête penchée de côté, Christos la dévisageait avec une intensité qui la mettait atrocement mal à l'aise.

— Arrête de me regarder comme cela ! lança-t-elle.

Mais Christos continua de l'observer. Il était incapable d'endiguer le flot de souvenirs qui l'envahissaient. Il se rappelait la douceur de sa peau et le satiné de son corps…

— Tu plairais à ma mère, je crois, déclara-t-il enfin, en recouvrant un semblant de contrôle sur ses émotions. Cela fait des années qu'elle essaie de me marier.

— En effet, elle accueillera sûrement à bras ouverts la fille qui aura su prendre au piège son fils chéri ! railla Becca.

— Laisse-moi te raconter l'histoire de mes parents. Quand ils se sont rencontrés, ma mère devait épouser quelqu'un d'autre.

— C'est sûrement une histoire fascinante, mais…

Malgré elle, poussée par la curiosité, elle demanda :

— Elle s'est tout de même mariée avec ton père ?

— Ils étaient amoureux. Et elle était enceinte. De jumeaux.

— Ah bon ?

— Oui, mon frère et moi. Pourquoi as-tu l'air aussi choquée ? Parce que ma mère n'est pas arrivée vierge au mariage ou parce que j'ai été bébé ?

— J'ignorais que tu avais un frère.

— Il n'a vécu que quelques minutes.

— Comme c'est triste… Je suis désolée.

— Merci, Becca. Bon. Revenons à notre sujet. Veux-tu te marier à l'église ?

Les traits de la jeune femme se durcirent instantanément.

— Je ne veux pas me marier. Combien de fois faut-il te le dire ?

— Et tes parents ? Comment ont-ils réagi à l'annonce de ta grossesse ? M'accepteront-ils comme gendre ?

— Ils souhaitent mon bonheur avant tout.

— Ne suis-je pas capable de te rendre heureuse ? Je sais déjà te donner du plaisir. Beaucoup plus que tu n'en as jamais eu. C'est toi-même qui me l'as dit.

Becca s'empourpra. Oh, ce serait si simple de succomber aux accents charmeurs de cette voix de velours… Mais ce serait aussi aller au devant de sérieux problèmes.

— Nous n'avons passé qu'une nuit ensemble ! protesta-t-elle. Même si nous nous entendons parfaitement sur le plan physique, ce n'est pas une raison pour nous engager à vie !

— C'est malgré tout un bon début. De toute manière, Becca, le mariage, comme la religion, est une affaire de foi. Un pari sur l'avenir et sur l'inconnu !

— Tu ne parles pas sérieusement !

— Bien sûr que si. C'est aussi une question de compromis et de tolérance. En tout cas, pour gagner, il faut savoir prendre des risques.

— Je ne partage pas ce point de vue. Je préfère les projets longuement mûris et réfléchis…

— Comme tomber enceinte, j'imagine ?

Comme elle gardait le silence, il ajouta :

— Tu vois bien que la vie, comme l'amour, est parfois imprévisible.

Becca pinça les lèvres. Soudain, elle vit une expression fugitive, indéchiffrable, traverser le regard de Christos. Pensait-il à Melina, en cet instant, à cette femme qu'il aimait et avait voulu épouser ?

Avec Melina, Christos avait sans doute perdu l'amour de sa vie. Et Becca devinait qu'il lui importait peu, à présent, de sacrifier sa liberté pour s'acquitter de ses obligations de père.

D'ailleurs, songea-t-elle avec amertume, jusqu'où irait la perte de sa liberté ? Quelle signification avaient pour lui les vœux du mariage ? Becca n'en avait pas la moindre idée. Leur mariage ne serait probablement qu'une façade, un arrangement de pure convenance derrière lequel ils mèneraient des existences séparées.

10.

— Oh non ! s'écria Becca, prise d'un nouveau vertige.

— Que se passe-t-il ? Tu te sens mal ?

Elle rouvrit les yeux, incrédule, en découvrant Christos agenouillé à ses pieds. Il avait posé les mains sur ses épaules et une expression indéfinissable assombrissait ses grands yeux noirs plissés par l'inquiétude.

Elle secoua la tête.

— Non, tout va bien.

En fait, elle ne s'était jamais sentie aussi mal de toute son existence…

Christos lui prit la main, qui était glacée.

— Je devrais appeler un médecin.

— Ce n'est pas la peine.

Il n'y avait malheureusement pas de remède à son mal…

Elle se dégagea, mais Christos continuait à la regarder avec une expression sceptique.

— Je peux appeler quelqu'un d'autre. Ta mère ?

— Non ! Je n'ai encore rien dit à mes parents…

Au bout d'un silence embarrassé, il demanda :

— Qui est au courant ?

— Je n'en ai parlé à personne, à part mon médecin et Gillian, la directrice de l'école. Oh, et toi.

— Pourquoi tiens-tu absolument à te débrouiller seule, sans l'aide de personne ?

— Ce n'est pas l'aide des autres que je refuse, c'est la tienne, répliqua-t-elle d'une petite voix.

Puis, avec un gémissement, elle enfouit son visage dans ses mains.

— Pardonne-moi, je ne voulais pas être désagréable.

— Tu as donc besoin de moi ?

— Non… Oui. Je ne sais plus ce que je dis, admit-elle en se frottant les yeux comme une enfant fatiguée.

— Ce sera mieux si nous annonçons tous les deux la nouvelle à tes parents.

Becca eut un rire contraint.

— As-tu écouté un seul mot de ce que j'ai dit ?

— Oui. Et maintenant c'est à ton tour de m'écouter. Tu n'imagines tout de même pas que je vais t'autoriser à élever seule mon enfant ?

Becca croisa les bras avec une expression de défi.

— Tu n'as pas le droit de t'ingérer dans ma vie et de me dicter ma conduite, rétorqua-t-elle.

— Je serais d'accord avec ce principe si la vie d'un enfant n'était pas dans la balance. Mon enfant. Pourquoi refuses-tu le mariage aussi obstinément ? Ton bébé aura tout ce dont il a besoin, et un père de surcroît.

— Ce n'est pas aussi simple.

— Bien sûr que si ! C'est très simple, et non négociable. Si tu ne m'épouses pas, je contesterai ton droit de garde.

Becca se raidit.

— Tu ne parles pas sérieusement !

Mais l'expression implacable de Christos ne lui laissait malheureusement aucun doute…

— Je ne te conseille pas de tester mon degré de détermination, déclara-t-il.

— Pas de menaces, Christos, s'il te plaît.

— Tu te conduis comme si la perspective de te marier avec moi était pire que la mort.

— Aucun juge ne te confierait la garde de l'enfant.

— Même si les tribunaux se prononcent généralement plutôt en faveur de la mère, tu serais mal avisée de courir le risque.

— Si tu m'arraches mon consentement avec ce genre de chantage, je te promets une existence cauchemardesque.

Il esquissa un sourire.

— C'est oui, alors ?

— Tu ne t'en sortiras pas toujours aussi facilement. J'espère bien être là le jour où tu te heurteras à un refus.

Si Becca n'avait pas été aussi épuisée, elle aurait remarqué que Christos paraissait plus soulagé que triomphant. Et immensément las.

Becca avait rendez-vous avec Erica dans un petit restaurant italien pour le déjeuner. A peine assise, elle déballa son achat de la matinée : une paire d'escarpins.

— Tu n'as rien acheté d'autre ? lui demanda sa sœur. Tu t'apprêtes à épouser l'un des hommes les plus riches d'Europe, sinon du monde, et tu te contentes d'acheter des chaussures !

Elle éclata de rire et poursuivit :

— Cet après-midi, je t'accompagne. Tu as besoin

de te décomplexer. La future Mme Carides n'a plus à se soucier d'équilibrer son budget à la fin du mois. Ce n'est plus toi qui payes, Becca.

Si, d'une certaine façon, songea Becca. Elle payait de sa liberté… Il s'était passé tant de choses, au cours des trois dernières semaines, qu'elle n'avait pas encore eu le temps de réfléchir au grand virage qui s'amorçait dans son existence.

Si elle avait écouté sa sœur, Becca aurait dépensé sans compter. Mais, beaucoup moins frivole qu'Erica, elle ne cédait pas à toutes les tentations qui s'offraient. Malgré tout, à la fin de la journée, un nombre considérable de robes et de tailleurs se trouvèrent empilés sur le lit de sa chambre d'hôtel.

Elle était particulièrement satisfaite d'une toilette dans le style des années trente, sans manches et très décolletée, de soie rebrodée de perles.

— Tu es magnifique ! lui avait dit Erica quand elle était sortie de la cabine d'essayage.

Puis elle avait jeté un coup d'œil à l'étiquette.

— Tu peux encore faire mieux ! avait-elle ajouté. Tu vas épouser un milliardaire ! Il te suffit de passer quelques coups de fil et tous les grands couturiers se disputeront pour avoir le privilège de t'habiller.

— Tu jetterais l'argent par les fenêtres, si tu étais à ma place ! avait commenté Becca en secouant la tête.

— Probablement !

Erica avait éclaté de rire.

— Tu es beaucoup trop raisonnable.

— C'est toi qui devrais épouser Christos ! avait suggéré Becca.

— Je n'hésiterais pas à marcher sur tes plates-bandes si l'occasion se présentait ! Mais je plaisante, tu le sais, n'est-ce pas ? De toute façon, je n'aurais aucune chance. Il m'écoute à peine quand je lui parle. L'autre soir, il avait même oublié mon nom et m'a appelée Emma !

— Il a beaucoup de préoccupations en ce moment, avait dit Becca.

— C'est sûr ! En tout cas, toi, il ne risque pas de t'oublier. Il ne te quitte pas des yeux !

Becca en était restée un instant muette d'étonnement. Cela ne dura que quelques secondes, mais elle avait tout à coup entrevu l'étendue de son bonheur si Christos avait partagé ses sentiments…

Néanmoins, le bon sens avait presque immédiatement repris le dessus et elle avait trouvé une explication plus plausible à la surveillance qu'il exerçait sur elle sans répit. S'il ne la quittait pas des yeux, ce n'était pas parce qu'il l'aimait, mais parce qu'il avait peur qu'elle ne commette des impairs… En tout cas, elle n'oublierait jamais cette lueur d'espoir et le désespoir qui s'était emparé d'elle lorsqu'elle avait compris son erreur…

Abandonnant son air taquin, Erica était redevenue sérieuse.

— Je suis assez fière d'avoir contribué à vous rapprocher, tous les deux. Finalement, c'est grâce à moi si vous êtes ensemble et je me félicite de lui avoir écrit. Heureusement qu'il ne ressemble pas à Alex !

— Tu en es certaine ?

— Evidemment ! C'est un homme tendre et sensible qui se cache sous des airs sombres et autoritaires. Il est fou de toi.

Incorrigiblement romantique, Erica prenait ses désirs pour des réalités… Avec un petit sourire triste, Becca était retournée dans la cabine d'essayage pour ôter la robe.

Becca soupira. Au moins, elle était ravie de sa robe de mariée… Debout devant le grand miroir de sa chambre d'hôtel, elle admirait son reflet en virevoltant quand on frappa soudain à la porte.

Elle jeta un bref coup d'œil à sa montre. Elle aurait dû retrouver Christos, ses parents et sa future belle-mère au restaurant depuis déjà une demi-heure…

— Une minute ! cria-t-elle.

Elle se déshabilla promptement et passa un peignoir avant d'aller ouvrir. Christos était là, impeccablement élégant dans un smoking noir. A sa vue, la gorge nouée par l'émotion, elle s'immobilisa et resta sans voix. Elle éprouvait un curieux mélange d'hostilité et de désir qui la paralysait totalement.

Ce fut lui qui rompit le silence le premier, avec une impatience teintée d'irritation.

— Il y a un problème ?

— Non, pourquoi ?

— Tu as déjà quarante minutes de retard.

— Trente-cinq, corrigea-t-elle.

Avec n'importe qui d'autre, elle se serait confondue en excuses. Mais curieusement, avec Christos, cela lui demandait un effort insurmontable.

— J'ai perdu la notion du temps… Je n'ai pas fait exprès. J'essayais ma robe de mariée.

Les yeux de Christos se posèrent sur sa poitrine et elle resserra nerveusement les pans du peignoir.

— Elle est jolie ?

Pourquoi faisait-il semblant de s'y intéresser ?

— Elle arrange un peu ma silhouette, répondit-elle.

Elle avait presque hâte que sa grossesse se voit, car pour l'instant, elle se sentait seulement disgracieuse et informe.

— Tu es très bien comme tu es !

— Tu changeras peut-être d'avis en me voyant pour la cérémonie.

— Dans quelques jours…

Une peur panique s'empara soudain de Becca. Il ne restait effectivement que quelques jours… *N'y pense pas !* s'admonesta-t-elle. *Garde ton calme.*

— Essaye-la pour que je te donne mon avis, dit Christos.

— Tu veux me voir dans ma robe de mariée ? Oh non… C'est impossible. Cela porte malheur.

— Tu es superstitieuse ?

— Pas particulièrement. Mais regardons les choses en face. Nous avons besoin de mettre toutes les chances de notre côté. Alors, ne tentons pas le diable.

Il la détailla de pied en cap, de la pointe des orteils jusqu'à la racine des cheveux.

— Ne te fâche pas. C'est vrai, insista-t-elle sur un ton de défi.

Tout ce qu'elle disait ou faisait paraissait l'ennuyer. Ce qui augurait mal de leur vie commune…

— Tu as raison, répliqua-t-il avec un de ces sourires éclatants dont elle avait appris à se méfier. Dans le même esprit d'ouverture et d'honnêteté, puis-je te poser une question ?

— Oui…, acquiesça-t-elle prudemment.

— Tu es nue, sous ce peignoir ?

11.

Envahie par une bouffée de désir aussi brutale qu'inattendue, Becca lui décocha un sourire contraint.

— Très drôle, maugréa-t-elle.

— Ce n'est pas de l'humour. A vrai dire, je ne trouve pas du tout amusant d'être obsédé par une femme au point de ne plus pouvoir penser à autre chose.

Christos serra les dents. L'image de Becca le hantait et surgissait parfois à son esprit aux moments les plus inopportuns… Comme tout à l'heure, en pleine réunion. Au grand étonnement des autres participants, il avait dû s'excuser et prendre congé parce qu'il n'arrivait plus à suivre les négociations en cours. Assez ironiquement, son associé avait pris sa distraction pour une ruse et l'avait félicité un peu plus tard pour son habileté de stratège.

Cette intrusion de plus en plus fréquente de sa vie personnelle dans ses activités professionnelles troublait terriblement Christos, car cela ne lui était encore jamais arrivé. Jusque-là, la frontière était bien marquée et il n'avait jamais eu besoin de lutter pour compartimenter sa vie.

— Tu as l'air choqué, reprit-il en examinant la pâleur délicate sur le joli visage de Becca. Tu sais pourtant combien tu m'attires physiquement…

Il baissa les yeux sur la veine bleue qui battait fébrilement à la base du cou de la jeune femme, avant d'ajouter :

— D'ailleurs, je t'attire tout autant. Ce qui rend tout à fait bizarre ta volonté d'abstinence jusqu'à notre mariage.

— C'est toi qui…, commença-t-elle, avant de s'interrompre d'un air gêné.

Ce ne sera pas la peine de t'enfermer à clé : je ne forcerai pas ta porte. C'est toi qui viendras dans mon lit de ton plein gré, yineka mou…

Les mots résonnaient encore très précisément dans sa tête.

— Tu m'attendras longtemps, avait-elle rétorqué à ce moment-là, un peu trop sûre d'elle.

Christos s'était contenté de rire, comme s'il n'avait aucun doute sur la suite des événements.

Il avait peut-être eu raison…

Depuis qu'elle avait accepté l'idée de ce mariage, Becca avait le sentiment que la situation lui échappait. Christos édictait les règles tandis qu'elle perdait pied. En refusant de coucher avec lui jusqu'à la cérémonie, elle essayait tout simplement de s'affirmer et de reprendre les choses en mains. Ce qui était totalement ridicule, car elle était la première punie ! Elle mourait littéralement de frustration depuis le premier soir où il l'avait installée dans la suite luxueuse de ce palace cinq étoiles.

— Cela t'ennuie donc tant ? reprit-elle en essayant de dissimuler son trouble.

— Oui. Beaucoup. A tel point que je n'arrive plus à agir normalement dans la vie courante.

Soudain, Christos lui jeta un regard qui la fit chavirer

de désir. Elle se mordit la lèvre tandis qu'un frisson la parcourait tout entière.

— Bientôt, tu vas prétendre que tu m'épouses parce que je suis irrésistible ! lança-t-elle d'un ton désinvolte.

Christos sentit la colère monter en lui.

— Ne peux-tu oublier une seconde ce maudit mariage ? explosa-t-il.

Il avait déjà passé une partie de l'après-midi à discuter des préparatifs avec sa mère… Il regrettait presque de ne pas avoir traîné Becca jusqu'à la mairie du quartier, sans plus de cérémonie !

La jeune femme se campa devant lui, les poings sur les hanches.

— J'aimerais bien l'oublier, figure-toi !

Brandissant rageusement sous son nez un saphir imposant serti de diamants, elle poursuivit avec animosité :

— Mais ce n'est pas facile avec une bague aussi énorme qui vous ramène constamment à la réalité !

Il haussa les épaules.

— Je trouvais que la couleur allait bien avec tes yeux. Mais si elle ne te plaît pas, je t'en offrirai une autre.

Une expression d'étonnement se dessina sur les traits de la jeune femme.

— C'est toi qui l'as choisie ?

— Evidemment, c'est moi. Qui d'autre ?

— Une de tes innombrables assistantes…

Le téléphone portable de Christos sonna juste à ce moment-là et il répondit en grec.

— Ma mère, expliqua-t-il après avoir raccroché. Tes parents et elle s'inquiètent de ne pas te voir arriver.

— Et toi, tu n'étais pas inquiet ? demanda-t-elle en se regardant dans le grand miroir.

Il vint se placer derrière elle et leurs regards se rencontrèrent dans la glace.

— Ces derniers jours, je me suis rendu compte que tu étais plus robuste qu'il n'y paraît.

— Parce que je n'acquiesce pas immédiatement à toutes tes propositions ?

Il la prit par les épaules pour l'obliger à lui faire face.

— Je n'ai aucun goût pour les femmes dociles, *agape mou*.

Le cœur de Becca se mit à battre la chamade tandis qu'elle s'efforçait de soutenir le feu de son regard. Ses paupières brûlaient et elle avait du mal à tenir debout sur ses jambes chancelantes.

Et moi, est-ce que je te plais ?

Pour empêcher la question de franchir ses lèvres, elle inspira profondément et ramassa son sac en faisant semblant de chercher quelque chose dedans.

— Je n'ai pas envie de connaître tes goûts en la matière, ironisa-t-elle.

— Tu les connais déjà, de toute façon.

Becca garda son sang-froid à grand-peine.

— Ne te crois pas obligé de flirter avec moi parce que nous allons nous marier.

— Tu préférerais que je flirte avec une autre femme ?

— Je m'en moque.

Il caressa sa joue du bout du doigt.

— Menteuse !

Frémissante, Becca tenta de changer de sujet.

— Quelle catastrophe !

— De quoi parles-tu ? De mon incapacité à séduire ma future femme ?

— Ne sois pas stupide ! répliqua-t-elle avec irritation. Tu serais capable de séduire un iceberg !

Il se mit à rire.

— Je préfère essayer avec toi. J'adore ton visage…

La voix grave et chaude de Christos déclencha des picotements jusqu'au bout de ses doigts…

— Je pense à mes parents et à ta mère, expliqua-t-elle. Ils n'ont pas grand-chose en commun et doivent trouver le temps long en nous attendant.

— Pourtant, ils ont l'air de bien s'entendre.

— En tout cas, ne compte pas sur moi pour jouer la comédie.

Il lui prit le menton entre le pouce et l'index.

— Il n'en est pas question. Montre-toi telle que tu es, ce sera parfait.

— Je ne suis pas un parti acceptable pour un richissime homme d'affaires, murmura-t-elle avec amertume.

— Tu es affreusement conformiste et conventionnelle, Becca !

— Pas du tout !

Elle fondit littéralement quand il mêla ses doigts aux siens, avant de porter sa main à ses lèvres pour y déposer un baiser.

— Ne sois pas si inquiète. La femme que j'ai choisie n'a pas besoin d'un autre assentiment que le mien.

Elle a tout de même besoin d'amour. De ton amour, songea Becca avec mélancolie.

— Va rejoindre ta mère et mes parents, déclara-t-elle. J'arrive le plus vite possible.

— Je t'attends, répondit-il résolument.

— Non, cela risquerait de prendre plus de temps…

— Pourquoi ?

— Tu me rends nerveuse, avoua-t-elle en s'enfuyant dans la salle de bains pour se préparer.

Elle referma la porte avec un soupir. Deux jours ! Jamais elle ne tiendrait aussi longtemps !

De nombreux regards les suivirent lorsqu'ils traversèrent le hall de l'hôtel. Christos ne parut pas les remarquer, mais Becca eut l'impression qu'elle ne supporterait pas longtemps d'être dévisagée ainsi.

— C'est toujours comme ça ? demanda-t-elle.

— Quoi donc ?

— Tout le monde te regarde !

Il n'eut pas le temps de répondre car le directeur de l'hôtel apparut juste à ce moment-là. Après avoir salué Becca avec déférence, il s'adressa à Christos.

— Votre secrétaire a laissé un message à la réception, monsieur.

— Ah bon ?

— Oui, elle n'a pas réussi à vous joindre sur votre portable.

Christos se tourna vers Becca.

— Je ne serai pas long. Va devant. Je te rejoindrai au restaurant.

Becca se crispa nerveusement. Convaincue que sa future belle-mère la détesterait dès les premiers instants, elle avait terriblement peur de la rencontrer et aurait préféré s'abriter derrière la présence rassurante de Christos. Malheureusement, ce dernier ne semblait pas conscient de ses craintes… Il avait disparu sans lui laisser le choix.

Tu crois vraiment qu'il t'accompagnera dans les moments difficiles de ton existence et qu'il sera toujours auprès de toi pour te tenir la main ? Rends-toi à l'évidence, Becca, se dit-elle sévèrement. Il a d'autres priorités que rassurer une épouse trop timide et mal à l'aise…

Perdue dans ses pensées, elle faillit bousculer quelqu'un qui s'était approché d'elle sans qu'elle s'en aperçoive.

— Excusez-moi ! murmura-t-elle en s'écartant.

— Becca, n'est-ce pas ?

Elle regarda l'homme sans comprendre, en fronçant les sourcils.

— Pardon… Je ne…

Elle s'interrompit et cligna des yeux sous un éclair de flash, bientôt suivi de plusieurs autres.

— Alors, à quand le mariage ?

Choquée d'être tombée dans le piège tendu par ce journaliste, elle ne réagit pas tout de suite.

— Montrez votre bague pour la photo, reprit l'homme.

Becca cacha machinalement sa main derrière le dos et chercha Christos d'un air affolé.

— Excusez-moi, dit-elle en se raidissant.

Elle voulut s'esquiver, mais le journaliste lui barra le passage et le photographe continua à la mitrailler.

— Depuis combien de temps connaissez-vous M. Carides ? Pourquoi l'épousez-vous ?

— Mêlez-vous de ce qui vous regarde ! dit-elle entre ses dents serrées.

L'intrus insista avec une expression narquoise :

— Il a une grosse fortune. C'est un parti intéressant !

Folle de rage, Becca explosa :

— Ce n'est pas ce qui m'intéresse. Il fait très bien l'amour, figurez-vous ! C'est même le meilleur amant que j'aie jamais eu !

Son interlocuteur en resta bouche bée. Puis une lueur grivoise s'alluma dans ses yeux. Mais presque aussitôt Christos surgit et l'empoigna par le col de sa veste, avec une telle vigueur qu'il le souleva de terre.

— Non, Christos ! s'interposa Becca en le tirant par le bras. Laisse-le ! Ne le frappe pas, il est capable d'en faire un article.

— Ecoutez la jeune dame, implora sa victime.

Deux vigiles finirent par s'interposer. S'ils étaient arrivés un peu plus tôt, ils auraient évité à Becca quelques paroles malheureuses… L'algarade se termina discrètement et on raccompagna le malotru au-dehors.

Les poings serrés, Christos poussa un juron tonitruant.

— C'est intolérable ! s'écria-t-il.

Puis il prit le visage de Becca entre ses mains, avec une tendresse qui émut la jeune femme jusqu'aux larmes.

— Ça va ? s'enquit-il anxieusement.

— Oui, murmura-t-elle en frissonnant.

Il serait furieux quand il apprendrait ce qu'elle avait dit… Il veillait jalousement sur sa vie privée et rayait impitoyablement du nombre de ses amis tous ceux qui divulguaient le moindre de ses secrets.

— Ces gens sont épouvantables, reprit-il.

— Il faut bien qu'ils vivent.

— En traquant les autres dans leur intimité et en publiant des tissus de mensonges ?

Il se ressaisit brusquement.

— Je suis sincèrement désolé pour cet incident. C'est ma faute. Je n'aurais jamais dû te laisser seule.

Complètement affolé, le directeur les rejoignit.

— Nous veillons attentivement au confort et à la

sécurité de nos clients. Ce genre de désagrément ne se produit d'ordinaire jamais chez nous.

— Nous venons pourtant d'en être victimes.

— J'en suis absolument navré, déclara en rougissant le vieux monsieur distingué aux cheveux blancs.

Il se tourna vers Becca.

— J'espère, mademoiselle, que vous ne nous en tiendrez pas rigueur ?

Réconfortée par le bras de Christos autour de sa taille, Becca fit montre d'un calme et d'une assurance étonnants.

— Pas le moins du monde ! le rassura-t-elle.

Puis elle baissa les yeux pour éviter le regard de Christos.

Comment lui expliquer son dérapage ? Il vaudrait mieux lui parler quand il y aurait du monde autour. Il risquerait moins de sortir de ses gonds…

Elle se mit à trembler comme une feuille.

Christos l'observa d'abord avec une expression indéchiffrable. Puis, brusquement, il la prit par le bras.

— Arrête ! ordonna-t-il d'une voix impérieuse.

Elle se calma instantanément.

— Je comprends parfaitement ta réaction, ajouta-t-il. Tu as vécu un pénible incident.

— J'ai été choquée, convint-elle. Mais… comment a-t-il su qui j'étais ? Et comment est-il au courant du mariage ?

Christos fronça les sourcils.

— Je crois le savoir…

Puis, sans s'expliquer davantage, il se pencha vers elle :

— En tout cas, je te félicite. Tu as parfaitement géré la situation.

Ce compliment arracha à Becca un gémissement.

— J'en suis encore toute tremblante… J'aurai du mal à m'en remettre.

Christos tenait encore sa main. Quand il la posa sur son cœur et qu'elle sentit battre celui-ci sous ses doigts, elle ferma les paupières, comme pour mieux savourer ce délicieux moment de répit, suspendu hors du temps.

12.

— Les paparazzi sont vraiment exaspérants, admit Christos. Surtout quand on n'a pas l'habitude.

— Cela ne te fait plus rien ?

Il secoua la tête.

— Non. J'aurais dû te prévenir. Te mettre en garde. Le mieux, avec eux, c'est de ne rien dire du tout.

Oh non !

— Oui, j'imagine.

— Et de ne pas réagir.

— Je m'en souviendrai, promit Becca.

— D'ailleurs, avec ces gens-là, peu importe ce qu'on leur raconte, les propos sont toujours déformés.

— J'imagine qu'on est parfois surpris de lire des propos qu'on n'a jamais prononcés, observa-t-elle avec une désinvolture affectée.

— Que lui as-tu dit, Becca ?

Autant en finir tout de suite… Elle ouvrit la bouche, mais se ravisa au dernier moment et secoua la tête.

— Je ne m'en souviens même pas… Nous devrions peut-être aller dîner, tu ne crois pas ? Nos parents vont vraiment s'inquiéter.

— Tu es bien pressée, tout d'un coup.

— Je suis affamée.

*
* *

A la fin de la soirée, qui s'était déroulée fort agréablement pour tout le monde, Christos raccompagna Becca jusqu'à la porte de sa chambre.

Elle tourna la clé dans la serrure avec un soupir. Puis, brusquement, elle se retourna vers lui.

— Non, Christos ! Ne t'en va pas !

Il s'immobilisa avec une expression interrogative.

— Tu veux quelque chose ?

Elle hocha la tête en s'approchant.

— Oui, toi !... Enfin... J'ai quelque chose à te dire...

— Ah... J'étais si content, tout d'un coup. Je suis déçu.

— Ne plaisante pas, Christos. C'est important. Tu vas probablement être fâché...

Après avoir ouvert la porte et allumé la lumière, elle se déchaussa.

— Excuse-moi, mais je n'ai pas l'habitude de porter des hauts talons. J'ai horriblement mal aux pieds.

Puis elle s'installa confortablement sur le divan, les jambes repliées, tandis que Christos considérait avec intérêt cette pose avantageuse qui dévoilait une partie de ses cuisses fines et galbées.

Au bout d'un long silence, il commença à perdre patience.

— Bon, je t'écoute. Qu'as-tu donc à me dire de si embarrassant ?

Becca s'obligea à lever les yeux, mais chercha encore à gagner du temps.

— Ta mère a été très gentille avec moi...

Avec un sourire indulgent et amusé, Christos desserra son nœud de cravate et s'installa à côté d'elle.

— C'est comme pour la confession, on se sent soulagé et plus léger une fois qu'on a parlé, déclara-t-il pour l'encourager.

— Mais parfois, il vaut mieux se taire pour conserver de bonnes relations avec autrui, murmura-t-elle.

— Si je te suis bien, chacun, dans un couple, a le droit de conserver son jardin secret ? Après tout, tu n'as pas tort, ce qu'on ignore ne fait pas souffrir…

Elle secoua la tête impatiemment.

— Non, pas du tout ! Je ne suis pas du genre à me voiler la face pour ne rien voir. Si tu me trompes une fois que nous serons mariés, je veux savoir avec qui ! Ce ne sera pas la peine de le faire en cachette, je tiens à être mise au courant !

Elle reprit son souffle avant d'ajouter, sur un ton plus modéré :

— J'aurais peut-être dû te prévenir avant.

— Tes exigences d'honnêteté et de fidélité ne me semblent pas irréalistes. La plupart des gens les trouveraient même élémentaires.

— Dans un mariage normal, sans doute. Mais le nôtre est un peu particulier. Tu avais peut-être l'intention de continuer à mener ta vie de garçon ?

— C'est-à-dire ?

— Je ne sais pas trop, admit-elle en croisant son regard moqueur. Tu avais probablement l'habitude de n'en faire qu'à ta tête, sans rendre de comptes à personne. Un milliardaire a d'infinies possibilités de divertissements.

— Mais on ne reste pas longtemps milliardaire si on passe son temps à s'amuser, *yineka mou*. Je travaille parfois jusqu'à quatorze heures par jour, ce qui ne me laisse guère le loisir de faire la fête.

— Je sais que tu es un bourreau de travail, mais tu ne mènes tout de même pas une vie de moine !

— Non. Et je ne suis pas un saint non plus. Mais cette partie de mon existence est désormais derrière moi. Elle ne te concerne pas.

— En revanche, je suis tout à fait concernée par le comportement que tu auras une fois marié.

Lorsque la rumeur se répandrait qu'il était malheureux en ménage, il ne manquerait pas de femmes avides de le consoler et qui rêveraient de supplanter celle qu'il avait épousée sans amour.

— Tu as raison, acquiesça-t-il.

Becca ne parvint pas à dissimuler son étonnement.

— Comment ? Tu es d'accord ?

— Evidemment. Cela te surprend ? Tu as envie que notre mariage soit davantage qu'une simple façade, non ?

— Oui, sans doute, admit-elle, prise de court.

— Eh bien moi aussi.

Elle s'écarta soudain pour s'asseoir à l'autre bout du sofa.

— Tu me fuis ?

Elle grimaça un sourire.

— Désolée, mais je n'arrive plus à me concentrer quand je suis trop près de toi. C'est déjà assez dur comme ça… Je ne sais vraiment pas ce qui m'a pris…

— Comment cela, *yineka mou* ?

— Ne sois pas si gentil avec moi. Cela achève de me culpabiliser. Je ne t'en voudrai pas si tu es furieux.

— Assez tourné autour du pot ! De quoi s'agit-il ?

— C'est terriblement… gênant.

Comme il tambourinait impatiemment des doigts sur l'accoudoir, elle prit son courage à deux mains.

— Je… Je t'ai menti, tout à l'heure, au sujet du journaliste. Je lui ai parlé, alors que j'aurais mieux fait de me taire. Il a été odieux, je me suis mise en colère et… c'est sorti tout seul.

— Que lui as-tu dit ?

Elle redressa le menton.

— Il m'a demandé pourquoi je me mariais avec toi.

Une expression indulgente éclaira le visage de Christos.

— Tu lui as parlé du bébé ? J'aurais choisi un autre moment pour annoncer la nouvelle, mais il n'y a pas de quoi en perdre le sommeil.

Elle secoua la tête.

— Non, je ne lui ai pas dit que j'étais enceinte… J'ai vanté tes qualités d'amant… C'est horriblement cru et vulgaire, mais je voulais lui clouer le bec. Je n'ai pas pu m'en empêcher.

Un lourd silence tomba.

— Trente secondes, dit enfin Christos. Tu n'es restée que trente secondes avec lui ! Qu'aurais-tu crié à la face du monde si je n'étais pas arrivé à ce moment-là ?

Becca leva les yeux et sursauta, sidérée. Elle s'était morfondue tout au long de ce repas interminable, et maintenant Christos riait !

— Tu trouves ça drôle ? lança-t-elle en le foudroyant du regard.

Il tendit la main pour caresser ses boucles auburn.

— Tu es adorable ! s'exclama-t-il. Délicieuse !

Un frisson parcourut le dos de Becca.

— Tu n'es pas en colère ?

— Ce n'est pas très grave, tu sais.

— Tu n'as pas peur d'avoir une épouse qui raconte n'importe quoi pour peu qu'on brandisse un micro sous son nez ?

— Ce qui m'inquiète davantage, c'est qu'elle ne veuille pas de moi dans son lit.

— J'ai beaucoup grossi, expliqua-t-elle. Je risque de ne plus te plaire autant. Les femmes enceintes répugnent à certains hommes et…

— Dire que je souffre le martyre depuis des semaines ! la coupa-t-il avec un regard brûlant de désir. Tu es belle, attirante, terriblement séduisante… Je t'interdis de te dévaloriser ainsi.

— Tu ne m'as pas vue nue depuis quelque temps.

— Nous pouvons très vite remédier à cela.

— Christos…

Il déposa un baiser sur ses lèvres pour étouffer ses protestations et Becca se sentit aussitôt fondre de plaisir. Puis il l'emmena dans la chambre où il la déshabilla, en gardant les yeux plongés dans les siens.

Loin de le rebuter, les transformations du corps de Becca le fascinèrent, avec ses seins déjà lourds et la rondeur de son ventre qui lui conférait une grâce supplémentaire.

Allongée tout contre lui, Becca soupira de bonheur en touchant sa peau bronzée.

— Comme je suis heureuse d'être là, couchée près de toi ! Je me sentais horriblement…

— Grincheuse et frustrée ? suggéra-t-il.

Elle acquiesça en souriant.

— Tu es étonnante, murmura-t-il en s'appuyant sur un coude pour contempler ses courbes voluptueuses. J'ai envie de goûter chaque centimètre carré de ta peau.

— Cela risque de prendre du temps.

— Je ne suis pas pressé. J'ai toute la nuit devant moi.

Elle ferma les paupières avec un soupir de contentement avant de s'abandonner tout entière à ses baisers.

Il était 4 heures du matin quand le taxi s'arrêta devant le domicile londonien de Christos.

Becca demanda au chauffeur d'attendre et descendit. Bien que la température soit descendue en dessous de zéro, elle était sans manteau et ne semblait pas se rendre compte du froid. Debout devant la grille, elle demeura un instant immobile, à rassembler son courage.

La place bordée d'élégantes demeures était déserte. Le cœur battant à tout rompre, elle gravit les marches du perron, prit une profonde inspiration et appuya sur le bouton de la sonnette.

Quelqu'un répondit presque aussitôt, sans s'étonner outre mesure de l'heure indue, en s'enquérant poliment de son nom et du motif de sa visite.

— Mon nom ? Oui, bien sûr. Je suis Becca Summer. Je suis venue parler à Christos. Je ne veux plus me marier avec lui.

Sa réponse déclencha une activité frénétique et une minute plus tard, la porte s'ouvrit en grand sur Christos lui-même, pieds nus, les cheveux en bataille et les joues ombrées par une barbe drue. Il avait enfilé à la hâte un peignoir qui s'arrêtait à mi-cuisse.

A sa vue, Becca perdit immédiatement le contrôle de ses émotions. Pourquoi produisait-il toujours sur elle un effet aussi dévastateur ? Elle s'écria :

— Tu ne dors pas !

— Disons que je ne dors plus, rectifia-t-il en passant une main dans ses cheveux. D'ailleurs, je suis peut-être en train de faire un cauchemar.

— Excuse-moi de te déranger, répliqua-t-elle. Mais… Je ne pouvais plus attendre pour t'annoncer ma décision. Je ne veux plus me marier.

Un muscle tressauta sur la mâchoire de Christos.

— Ah bon ?

Becca fronça les sourcils. Apparemment, il ne la croyait pas.

— Je ne plaisante pas. C'est sérieux.

— C'est ce que ma gouvernante vient de m'expliquer. Tu as l'habitude de dévoiler ta vie privée à des inconnus ?

— Je n'ai pas réfléchi, avoua Becca en rougissant.

— Tu manques décidément de réflexion ! lança-t-il sur un ton de reproche. Tu es vraiment trop impulsive. Il y a à peine trois heures, tu me renvoyais de ta chambre et te voici maintenant devant moi.

Becca baissa les yeux.

— J'avais envie de passer la nuit avec toi, mais… je ne voulais pas voir la tête que tu ferais au petit déjeuner en lisant la presse à scandales.

— Je ne lis pas ce genre de journaux.

— Je vais tout t'expliquer, reprit-elle résolument.

— Je l'espère. Mais pas dans la rue, sur le pas de ma porte. Tu n'es pas vraiment habillée pour rester dehors par ce froid.

Toi non plus…, songea-t-elle, hypnotisée par les pans entrouverts de son peignoir. Comment pouvait-il être aussi dominateur et sexy à la fois ?

Elle jeta un coup d'œil en arrière.

— Je… Le chauffeur de taxi attend. Je peux peut-être lui dire de repartir ?

— A moins que tu ne l'invites à prendre part à la discussion…

Intérieurement, Becca reconnut qu'elle avait été un peu abrupte avec la gouvernante, tout à l'heure. Elle devrait apprendre à se montrer plus discrète et réservée…

— Il y a un problème ? reprit Christos, comme elle ne bougeait pas.

— C'est-à-dire… Oui… Je suis sortie sans argent et… je dois payer le chauffeur. Je te rembourserai, ajouta-t-elle distraitement.

Passé le premier moment d'incrédulité, Christos éclata de rire.

— Avec toi, on n'est jamais au bout de ses surprises !

En pénétrant dans le hall, Becca se rendit compte combien elle avait froid et se mit à trembler de tous ses membres.

13.

— Je ne te propose pas mon peignoir. Je ne porte rien dessous.

Becca devint cramoisie. Avait-il deviné le fond de ses pensées ? Non, c'était impossible.

Elle l'observa à la dérobée pendant qu'il parlait à un domestique en uniforme, probablement pour lui demander de payer le taxi. Puis, elle baissa les yeux comme une petite fille prise en faute quand il retourna son attention sur elle.

— Tu es glacée ! s'écria-t-il en s'approchant d'elle.

— Je…

— Oui, je sais, tu es partie sans réfléchir. Le marbre te plaît ?

— Comment ?

— Tu gardes les yeux obstinément fixés par terre.

— Ah.

Elle se mit à claquer des dents.

— Viens dans le salon. J'ai fait du feu dans la cheminée.

— Tu n'étais pas couché ?

— Je suis monté dans ma chambre il y a une demi-heure à peine.

Posant une main sur son épaule, il la guida vers une

porte, sur la droite, et ils pénétrèrent dans une pièce lambrissée, meublée d'une imposante bibliothèque qui montait jusqu'au plafond et un vaste bureau en acajou.

— Tu travailles toujours aussi tard ? demanda-t-elle.

— Je ne travaillais pas. J'en aurais été bien incapable, expliqua-t-il. Une jeune femme de ma connaissance m'avait jeté dehors alors que je n'avais pas envie de dormir seul.

— Oh... Je suis sûre que tu as sûrement des solutions, dans ces cas-là. Un simple coup de fil et... des nuées de femmes sont prêtes à se jeter dans tes bras, je n'en doute pas un instant.

Elle se rembrunit en imaginant une liste interminable de créatures de rêve.

— Tu ne serais pas jalouse, par hasard, *yineka mou* ? lança-t-il d'une voix sarcastique.

Becca le foudroya du regard.

— Les hommes sont tous les mêmes ! s'écria-t-elle. Vous vous croyez tous irrésistibles.

— Ce n'est pas moi qui ai parlé de mes conquêtes, c'est toi !

Au moment où Becca s'approchait de la cheminée pour réchauffer ses mains gelées, une bûche crépita en jetant une gerbe d'étincelles et elle sursauta violemment.

— J'ai eu peur ! s'écria-t-elle en résistant à l'envie de se blottir contre Christos. En tout cas, ne crois pas que ce sera aussi facile avec moi. Il ne te suffira pas de claquer des doigts pour m'avoir dans ton lit.

— Je n'imagine rien de la sorte ! répondit-il. Je sais que tu n'es pas une femme soumise.

Elle s'absorba un instant dans ses pensées, avant de reprendre :

— C'est seulement le bébé qui nous lie tous les deux, n'est-ce pas ?

— Pas seulement.

— Quoi d'autre, alors ? Le sexe ?

Il y a autre chose, n'est-ce pas ? Dis-le, je t'en prie. Elle avait éperdument besoin d'entendre le son de sa voix. Finalement, peu importait ce qu'il éprouvait envers elle. Elle se contenterait de peu. Ce serait toujours plus que ce qu'elle avait en ce moment.

Puis, au bout d'un temps qui lui parut interminable, il déclara, avec un drôle de sourire :

— Oui… Le sexe, bien sûr. Quoi d'autre ?

Becca s'admonesta intérieurement. Quelle incorrigible sotte elle était, de nourrir encore de faux espoirs…

— Tu n'es pas obligé de te marier pour ça.

— Disons que c'est tout de même mieux pour le bébé… Tu es très belle, Becca, dans cette lumière.

Surprise, elle commença à rire nerveusement, mais son rire s'étrangla dans sa gorge lorsqu'elle découvrit le mélange de tendresse et de passion qui brillait au fond des yeux de Christos. Et elle se mit à trembler quand il prit son visage entre ses mains larges et puissantes.

— Tu sembles sortir tout droit d'une toile du Titien, ajouta-t-il. Tu es une œuvre d'art incarnée.

Becca ferma à demi les paupières et soupira de contentement tandis que la bouche de Christos remontait le long de sa gorge.

Il la pressa contre lui et elle vacilla sur ses jambes en sentant leurs souffles se mêler intimement. S'il ne s'arrêtait pas sur-le-champ, elle risquait fort de s'évanouir… Et s'il s'arrêtait ?…

Elle rouvrit les yeux brutalement, dans une sorte de panique hébétée.

— Ne t'en va pas ! l'implora-t-elle impulsivement.

— Je n'en ai pas l'intention, répliqua-t-il.

Puis il fit glisser son cardigan de cachemire sur ses épaules.

— Tu n'as pas froid ?

Elle secoua la tête en frissonnant, alors que les doigts de Christos se faufilaient sous l'étoffe soyeuse de son chemisier pour caresser sa peau nue. Au bout de plusieurs minutes d'un long baiser éperdu, il redressa légèrement la tête.

— Quelle douceur exquise…

— C'est un cadeau de ta mère.

Il éclata de rire.

— Je parle de ta peau. Elle est encore plus douce que le satin…

Comme hypnotisée, Becca leva la main pour suivre du bout du doigt la mâchoire de Christos, ombrée par une barbe naissante.

— Il me suffit de te toucher pour… pour…

Incapable de terminer sa phrase, elle pressa son visage contre son torse pour humer la délicieuse odeur de son corps. Etre là avec lui suffisait à son bonheur.

Pourquoi la vie ne pouvait-elle pas toujours être aussi simple ?

— Becca… ?

Elle se redressa brusquement. Christos la contemplait avec une espèce de fascination, tout en jouant avec les mèches cuivrées de ses cheveux.

— *Theos*, cela a été un vrai supplice de te quitter ce soir !

Elle écarquilla les yeux.

— Je croyais que tu avais envie de partir.

— Envie de partir ! se récria-t-il, éberlué. D'où tiens-tu cette idée bizarre ? Nous devrions parler plus souvent, cela nous éviterait de fâcheux malentendus.

— Oui, je suis d'accord… Mais plus tard. Pas maintenant, le supplia-t-elle en enfouissant les doigts dans ses cheveux épais.

Elle fondit de plaisir quand il prit ses lèvres dans un long baiser étourdissant, tout en murmurant son prénom. Elle n'avait qu'une hâte, sentir sa peau nue contre la sienne…

La main de Christos se posa sur la sienne.

— Tu voulais me parler de notre mariage. Y vois-tu encore des objections ?

Instantanément, Becca se raidit et s'écarta, piquée au vif.

— Décidément, je suis d'une naïveté incorrigible ! Moi qui croyais à la sincérité de ton désir… En fait, tu n'es qu'un calculateur. Tu joues avec mes émotions pour m'extorquer mon consentement, voilà tout.

Elle se sentait perdue, et trahie. Comme elle avait eu tort de baisser la garde… Christos en avait aussitôt profité pour retourner la situation à son avantage.

— Tu crois que je joue la comédie ? s'emporta-t-il.

Becca hésita un instant, puis se ressaisit. Christos était capable de tout pour arriver à ses fins. Or, il voulait que le bébé porte le nom des Carides et redoutait qu'elle refuse de l'épouser.

— Je ne me laisserai pas manipuler ! protesta-t-elle vigoureusement.

Si seulement les choses pouvaient être aussi simples… Malheureusement, dès qu'il la touchait, elle perdait la tête et sa volonté l'abandonnait.

— Je n'essayais pas de te manipuler ! lança Christos. *Theos* ! J'ai envie de toi, à en perdre la raison. Au point d'en oublier qui je suis !

Becca scruta longuement son visage.

— Si je décidais d'employer les grands moyens pour te forcer au mariage, ce ne serait sûrement pas ceux-là, ajouta-t-il.

Se dirigeant d'un pas décidé vers la cheminée, il ramassa un verre à moitié plein, en avala d'un trait le contenu, et le reposa bruyamment.

— Je ne sais pas de quoi tu parles, répliqua-t-elle.

Christos la regarda avec un mélange de provocation et de cynisme.

— Très bien. Disons les choses clairement, tu as besoin de moi. Même si ce n'est que sexuel, tu ne peux pas te passer de moi.

Elle s'empourpra jusqu'à la racine des cheveux. Quelle outrecuidance ! Avait-il réellement conscience du pouvoir qu'il avait sur elle ? Humiliée par tant de clairvoyance, elle tenta de protester.

— Je t'ai toujours trouvé épouvantablement arrogant, Christos. Mais là, vraiment, les mots me manquent…

— Tu veux savoir comment je le sais ? reprit-il sans prendre en compte son interruption. Parce que j'éprouve exactement la même chose que toi. Tu es la première femme à m'inspirer des réactions aussi violentes.

— Il ne faut pas interpréter au pied de la lettre ce que j'ai dit au journaliste. J'étais en colère et…

Elle s'arrêta en prenant tout à coup conscience de la signification de ses propos.

— Vraiment ? murmura-t-elle, interloquée. Tu as pourtant beaucoup d'expérience… Tu es sincère ? Vraiment ?

— Il serait mal avisé de fonder notre mariage sur des mensonges, tu ne crois pas ?

— Pas plus que de s'y sentir obligé à cause d'un bébé, rétorqua-t-elle.

— Ou d'une forte attirance sexuelle. Avant que tu ne protestes…

— Je n'en avais pas l'intention, répliqua-t-elle, embarrassée. Je suis d'accord avec toi, le désir physique, aussi violent soit-il, ne saurait fonder une relation durable avec un homme.

— Tu parles de moi ?

— Je ne connais pas d'autre milliardaire en ce moment.

Une lueur d'irritation s'alluma dans les yeux de Christos.

— Cesse d'être obnubilée par mon argent, veux-tu ?

— Tu ne crois tout de même pas que c'est ta fortune qui m'intéresse ? demanda-t-elle en pâlissant.

— Si tel était le cas, je m'en accommoderais.

Becca fronça les sourcils.

— Je ne comprends pas.

— J'existe autrement que par mon compte en banque. Serais-je plus aimable à tes yeux si j'étais pauvre ? Ou myope ? Chaque fois que tu veux me repousser, tu invoques nos différences de milieu et d'origine…

— Beaucoup de choses nous séparent…

— Tu crées des obstacles là où il n'y en a pas.

Peu convaincue, Becca le considéra d'un air sceptique.

— En fait, tu es incorrigiblement romantique, reprit-il. C'est tout à fait compréhensible. Mais nous sommes dans la réalité, pas dans un conte de fées.

14.

— Pour toi, l'amour est donc une fable ? Une illusion ?

— Je crois surtout que nous devrions nous contenter de ce que nous avons sans chercher plus loin. Nous avons du plaisir ensemble, nous allons avoir un bébé que nous saurons choyer tous les deux… Serait-il vraiment adulte de courir après un idéal nébuleux ?

C'est toi, mon idéal, songea-t-elle avec ironie. Mais oserait-elle jamais le lui avouer ?

— Je suis prêt à faire des concessions, reprit-il.

— Comme c'est gentil ! rétorqua-t-elle, sarcastique.

— Becca, je comprends parfaitement ta prudence et tes réserves…

— Vraiment ?

— Oui. Mais explique-moi une bonne fois pour toutes pourquoi tu as surgi au beau milieu de la nuit pour me dire que tu ne voulais pas m'épouser !

— Je n'ai jamais dit cela.

— Ah bon ?

— C'est simplement au-dessus de mes forces…

Christos se laissa tomber dans un fauteuil en cuir et

ferma les paupières d'un air épuisé. Au bout de quelques minutes, il rouvrit les yeux et reprit :

— Je me sens très vieux, tout d'un coup. Beaucoup plus vieux que le jour où je t'ai vue pour la première fois. Reprenons. Tu arrives chez moi en pleine nuit, dans tous tes états…

— Mets-toi à ma place ! Tu m'avais parlé d'une cérémonie toute simple. Mais quand ta mère a commencé à évoquer certains détails, je me suis rendu compte que nous n'avions pas tout à fait la même conception de la simplicité…

— Pourquoi ne lui as-tu rien dit ?

— Je tenais à faire bonne impression.

— Au risque de supporter quelque chose d'abominable ?

— Je n'ai pas envie de lui déplaire.

— C'est moi que tu épouses, pas ma mère. Et jusqu'à présent, tu n'as pas semblé très désireuse de te plier aux volontés des autres, surtout aux miennes.

— Et toi, tu n'as pas l'habitude qu'on te résiste, peut-être ? Quant à ta mère, elle s'est tellement investie dans les préparatifs du mariage… Elle était si contente et elle en parlait avec tant de plaisir que je ne vois vraiment pas comment j'aurais pu dire quoi que ce soit…

— Si cela peut te rassurer, c'est moi qui paie toutes les dépenses, pas elle.

— Cela ne change rien. Tout ce décorum me paraît excessif. Faire venir l'orchestre du Metropolitan Opera de New York avec une soprano, n'est-ce pas un luxe superflu ?

Christos réfléchit un instant avant de répondre :

— Clarifions la situation. Si je comprends bien, tu es

toujours d'accord sur la nécessité de nous marier. C'est plutôt la forme que tu contestes, n'est-ce pas ?

Comme les choses auraient été différentes s'ils avaient pris leur décision en toute liberté ! pensa Becca. Mais puisqu'elle était condamnée à vivre l'événement sans joie, autant essayer de le rendre le moins cauchemardesque possible…

— Je suis tout simplement terrorisée, avoua-t-elle.

Il sembla stupéfait.

— Mais pourquoi ?

— Je suis d'un naturel plutôt timide et réservé et je n'ai pas l'habitude de me retrouver en vedette, sous les feux des projecteurs. Quand je songe à tous les regards qui seront braqués sur moi… Ce n'est pas du tout le mariage dont je rêvais…

En apercevant l'expression compatissante de Christos, elle s'interrompit brusquement, une main sur l'estomac, au bord des larmes. Quand il lui tendit la main, elle hésita à la prendre. Puis, avec un soupir, elle capitula. Dès que les doigts de Christos se refermèrent sur les siens, une sorte de décharge électrique la transperça, comme chaque fois qu'il la touchait.

— Moi qui croyais que toutes les jeunes filles rêvaient d'un mariage en grande pompe, la taquina-t-il en la tirant vers lui.

Becca secoua la tête en s'installant sur le bras du fauteuil.

— Pas moi. Même si j'avais le choix, cela ne me ferait pas envie.

Avec une moue inquiète, elle ajouta :

— Le nombre des invités grossit de jour en jour. Sais-tu combien il y en aura ?

— Non…

— Ta mère l'a pourtant dit au dîner, observa-t-elle sur un ton irrité.

— J'étais probablement distrait…

Christos sentit le désir monter en lui tandis qu'une foule de souvenirs l'assaillaient. Il se rappelait la douceur de la peau de Becca, la brûlure de ses lèvres, ses gémissements de plaisir lorsqu'elle enroulait ses jambes autour des siennes…

Il s'obligea à inspirer profondément pour recouvrer le contrôle de ses émotions.

— En plus, reprit Becca, tout le monde saura que je suis enceinte. Cela commence à se voir. D'ailleurs, même si cela ne se voyait pas, les gens s'en douteraient. Pour quel autre motif accepterais-tu d'épouser une fille comme moi ?

— Tu as honte d'être enceinte ?

Becca se releva d'un bond.

— Non, pas du tout ! Je suis fière, au contraire !

— Moi aussi.

La colère de Becca se mua en stupéfaction. Un instant, elle scruta, étonnée, le regard sombre de Christos. Il paraissait sincère.

— Tu as l'air surpris, dit-il. Les enfants sont pourtant un don du ciel.

— Tu feras certainement un très bon père, s'écria-t-elle spontanément.

Puis, brusquement embarrassée, elle se tut.

— Et comme mari ? s'enquit-il.

Bon ou mauvais, peu importait à Becca… De toute manière, elle n'en voulait pas d'autre que lui.

— Le mariage est une sorte de pari, tu l'as dit toi-même, lui rappela-t-elle.

— Disons plutôt un risque calculé… Donc, pour en

revenir à notre sujet, c'est la cérémonie que tu redoutes, n'est-ce pas ? Plus que le mariage en lui-même ?

— Oui. Je suppose…

— Dans ce cas, le problème sera résolu dès demain matin, promit-il en glissant la main sous sa tunique de soie.

— Que veux-tu dire ? Oh, Christos, je suis incapable de penser d'une manière cohérente si tu me touches…

Elle ferma les paupières avec un petit gémissement quand il posa la main sur son sein droit.

— Ta fantaisie est délicieuse, murmura-t-il avant d'enfouir son visage dans la masse de ses boucles cuivrées. Je vais m'occuper personnellement de l'organisation du mariage. Je n'aurais jamais dû laisser le champ libre à ma mère.

— Elle ne risque pas de se vexer ?

— Peut-être… Mais pas autant que moi si tu ne m'embrasses pas dans les dix secondes qui suivent.

— Je ne voudrais surtout pas te blesser…

— Je ne suis pas dans ma chambre ! murmura Becca, désorientée.

— Ah, tu es enfin réveillée !

Clignant des yeux, elle concentra son attention sur l'homme qui se tenait tout près d'elle, une tasse de café à la main.

— Tu en veux ? demanda Christos.

— Oh non ! gémit-elle. J'ai passé la nuit ici !

— Quelques heures seulement, rectifia-t-il. Il faisait presque jour quand nous avons fini par nous endormir. Veux-tu que je sonne pour qu'on t'apporte du café ?

Becca remonta le drap sur elle.

— Pour qu'on me voie dans cette tenue ? Non merci !

— Ce sursaut de pudeur victorienne n'est guère de mise après ce qui s'est passé entre nous ! commenta Christos d'une voix amusée. Quant à ce que pensent les domestiques, je m'en moque éperdument ! Pourquoi aurais-je honte d'avoir couché avec ma fiancée ?

— Oh, tu n'as pas honte !

— Ce n'est pas ce que tu disais hier soir, la taquina-t-il.

Becca se cacha la tête sous l'oreiller.

— Va-t'en !

Christos éclata de rire. Remarquant soudain son pantalon gris, sa chemise blanche et sa cravate de soie, Becca s'exclama sur un ton accusateur :

— Tu es déjà habillé ! Où vas-tu, dans cette tenue ? Quelle heure est-il ? Tu aurais dû me réveiller. J'avais rendez-vous avec Erica. Elle va s'inquiéter. Je ne lui ai même pas laissé un mot.

— Tu es tout à fait charmante au réveil, murmura-t-il en ignorant l'avalanche de ses questions. Tellement sensuelle… Tu t'étires comme un petit chat. De toute façon, si je t'avais réveillée plus tôt, j'aurais été obligé de te faire l'amour.

— Cela aurait-il été catastrophique ? demanda-t-elle avec une moue de coquetterie.

— Pas du tout. Mais nous avons autre chose à faire ce matin. Donc, je te prie de ne pas me provoquer.

— Quelque chose de plus important que faire l'amour ?

— Aie pitié de moi, Becca, supplia Christos sur un ton implorant.

Comme elle lui lançait un regard innocent, il ajouta, en ramenant le drap jusque sous son menton :

— Ecoute-moi… Ta sœur est ici. Elle va entrer d'un instant à l'autre.

— Erica ? Mais que fait-elle chez toi ?

— J'avais besoin de son aide.

Becca s'assit en croisant les bras sur ses jambes repliées.

— Vas-tu m'expliquer ce qui se passe, à la fin ?

— Tu voulais une cérémonie toute simple, n'est-ce pas ?

Comme elle hochait la tête, il ajouta, en jetant un coup d'œil à sa montre :

— Eh bien, tes désirs sont des ordres. Nous allons nous marier dans la plus stricte intimité, dans deux heures et demie exactement.

— Tu plaisantes, j'espère ?

— Pas du tout.

— C'est matériellement impossible. Tu n'as pas pu organiser les choses en si peu de temps.

— Je suis un homme de ressources dont le nom de famille ouvre beaucoup de portes. Il impressionne les autres beaucoup plus que toi !

— Tu es sérieux ?

— Tout à fait. Et il vaudrait mieux t'en convaincre. Je n'aimerais pas que ma fiancée considère son mariage comme une comédie. L'harmonie qui règne entre nous en serait gravement compromise, surtout le jour de nos noces.

Becca était complètement ahurie.

— Nous allons réellement nous marier ce matin ?

Christos hocha la tête.

Décidément, rien n'était impossible pour cet homme… Elle se massa les tempes du bout des doigts.

— Et tous les invités qui devaient venir demain ?

— Tu n'as pas à t'en soucier. Maintenant, arrête de poser des questions et prépare-toi, ordonna-t-il en lui tendant une robe de chambre.

— Tourne-toi ! lança-t-elle, dans un accès de timidité.

Il lui jeta un regard incrédule.

— Je n'ignore plus rien de ton anatomie, tu sais !

Rougissant jusqu'à la racine des cheveux, Becca se redressa néanmoins d'un air de défi et prit délibérément son temps pour enfiler le peignoir sous le regard de Christos. Elle avait les paumes de mains moites et le cœur battant quand elle noua finalement la ceinture autour de sa taille.

Figeant un sourire interrogateur sur ses lèvres, elle bredouilla :

— Bien… quelle est la prochaine étape ?

Christos ne répondit pas immédiatement. A l'évidence, il avait beaucoup de mal à conserver son sang-froid. Au bout d'un silence interminable, le regard noyé de désir, il réussit à articuler d'une voix sourde :

— *Theos*, que tu es belle !

Puis, brutalement, il se détourna et se dirigea vers la porte.

— Je vais dire à ta sœur de venir.

— Reste !

Les mots étaient sortis tout seuls… Becca porta la main à sa bouche et se mordit la lèvre, tandis que Christos se retournait.

— Si je n'ai pas disparu dans les secondes qui suivent, nous allons rater l'heure de notre propre mariage…

Les jambes flageolantes, Becca dut s'asseoir sur le bord du lit pour masquer son trouble.

15.

Becca foudroya sa sœur du regard.

— Ce n'est pas la peine d'insister ! s'écria Erica. J'ai juré le secret et tu n'obtiendras rien de moi. Tout ce que tu dois faire, c'est te préparer. Viens, je t'ai fait couler un bain.

Elle entrouvrit la porte de la salle de bains adjacente et de délicieux effluves parfumés s'en échappèrent.

— Allez, dépêche-toi ! lança Erica. Nous avons un horaire très strict à respecter.

— C'est un mariage, pas un exercice militaire, rétorqua Becca.

— Je n'ai pas de plaintes à recevoir. J'obéis seulement aux ordres d'en haut.

— Tout cela est ridicule, maugréa Becca. C'est *mon* mariage, tout de même. J'ai le droit de savoir !

— Ce n'est pas l'avis de Christos. D'ailleurs, je trouve cela très romantique. Ton problème, c'est de vouloir toujours tout contrôler. Laisse-toi faire, pour une fois !

Erica poussa sa sœur dans la salle de bains et se servit une coupe de champagne.

— Je t'en offrirais bien une, mais tu n'y as pas droit pour le moment !

— Tu t'amuses bien ! l'accusa Becca en plongeant dans son bain.

— Enormément ! répondit Erica en éclatant de rire.

Sa sœur n'avait pas tort, songea Becca en soupirant. Elle avait toujours envie de tout maîtriser. Et avec Christos, elle ne maîtrisait absolument rien…

— Au fait, ne t'endors pas, le coiffeur sera là dans un quart d'heure ! annonça Erica au moment où elle commençait à se détendre un peu.

Une heure plus tard, Becca se tenait en haut de l'escalier. Elle était vêtue de la robe rebrodée de perles qu'elle avait choisie, et portait un diadème retenant les boucles qui encadraient son beau visage de porcelaine.

— Ne bouge surtout pas avant que Christos arrive ! cria Erica en bondissant en bas des marches. Il ne doit pas rater ton apparition !

— C'est stupide ! gémit Becca.

Quelques secondes plus tard, elle descendait les marches sous le regard attentif et admiratif de Christos. Certes, elle était assez satisfaite du reflet que le miroir lui renvoyait, mais jamais elle ne se sentirait à la hauteur des femmes du monde sophistiquées qu'il avait fréquentées jusque-là…

— Je garderai ce souvenir toute ma vie, murmura Christos. Tu es magnifique.

Son accent de sincérité et la lueur qui brillait au fond de ses yeux jetèrent le trouble dans le cœur de Becca.

— Je peux savoir où nous allons, maintenant ? s'enquit-elle d'une voix tremblante, tandis qu'il enveloppait ses épaules dans une étole de fourrure.

— Nous partons en hélicoptère, mais la destination reste secrète !

— J'ai horreur des surprises ! protesta Becca.

La jeune femme refusa de bouger quand ils atterrirent sur le terrain de jeux près de l'école où elle était encore institutrice peu de temps auparavant.

— J'exige de savoir ce qui se passe !

— Ah, de la bagarre ! s'écria Erica, assise sur un siège à l'arrière. Avec vous deux, c'est encore mieux qu'au cinéma !

— Tais-toi ! lança Becca. Et maintenant, Christos, explique-toi !

— Tu n'as jamais eu de problèmes de discipline, j'imagine ?

— Non, je n'ai jamais été obligée d'élever la voix. Il est vrai qu'une salle de classe est moins bruyante qu'un hélicoptère et que mes élèves sont moins arrogants que toi !

Une lueur d'amusement s'alluma dans les yeux de Christos.

— Ton endroit préféré est un château en ruine, m'a confié ta mère.

— Il ne reste que le donjon, rectifia-t-elle. L'édifice s'est écroulé il y a bien longtemps. Mais je ne vois pas…

— Le pasteur y sera dans vingt minutes. Ainsi que tes parents, ma mère et ma tante Theodosia. Sans oublier ta sœur, bien entendu.

Becca écarquilla de grands yeux étonnés tandis qu'il poursuivait :

— Est-ce assez simple et intime pour te plaire ? Ensuite, j'ai réservé une table au *Faisan doré*. Si tu souhaites une bénédiction religieuse par la suite, nous fixerons une date.

Médusée, Becca se contenta de hocher la tête.

— Pourquoi fais-tu tout cela ?

— Le jour de ton mariage devrait-il nécessairement être un mauvais souvenir ?

Elle haussa les épaules avec une expression d'impuissance.

— Non…

— Parfait. A présent, si tu n'as plus d'objections, allons-y.

Une limousine les attendait pour les conduire au vieux donjon près de la rivière, à l'emplacement des anciens remparts. Lorsqu'ils s'en approchèrent, Becca se sentit brusquement au bord de la crise de nerfs.

Elle commença à reculer, mais la main qui serrait la sienne raffermit son étreinte.

— Qu'est-ce que je suis en train de faire ? s'écria-t-elle.

— Tu es sur le point de te marier, répliqua Christos.

Sa voix chaude et grave la calma instantanément.

— Ta mère m'a raconté que tu venais souvent ici quand tu étais petite. Pour jouer à la princesse… Aujourd'hui, tu es la reine.

Il la conduisit fermement à l'intérieur et elle retint son souffle en se demandant si elle ne rêvait pas. Des centaines, des milliers de fleurs blanches et parfumées, accrochées aux murs et aux chevrons, remplissaient l'espace du donjon. Quand ils entrèrent, les invités assis en demi-cercle se levèrent et le pasteur, d'un sourire, les invita à approcher.

Becca prit une longue et profonde inspiration. *Voilà, j'y suis*. Résolument, elle s'avança.

La cérémonie s'était déroulée comme dans un rêve. Il en alla tout autrement du repas qui s'ensuivit…

— Qu'y a-t-il ? demanda Christos.

— Tu ne peux pas entrer ici ! protesta Becca en prenant un mouchoir.

— Pourquoi ?

— Ce sont les toilettes des dames !

— Je ne partirai pas avant de savoir ce qui se passe. C'est à cause de Theodosia, n'est-ce pas ?

— Elle me déteste, déclara Becca en réprimant un sanglot.

— Pas du tout ! Qu'a-t-elle dit exactement ?

— Elle m'a demandé à quel mois j'en étais… Quand j'ai dit quatre, elle m'a regardée bizarrement, comme si elle trouvait que j'étais très grosse. Elle doit penser que je suis enceinte de quelqu'un d'autre et que je t'ai tendu un piège… Pourtant, c'est faux !

— Chut…, murmura Christos en la prenant par les épaules. Tu te trompes sûrement. Mais quelle importance, de toute façon ?

Ils entendirent soudain la voix de Theodosia derrière la porte fermée :

— Il y a déjà eu des jumeaux dans la famille. Si vous avez un gros ventre, c'est peut-être parce que vous portez *deux* Carides, tout simplement. Et maintenant, pourriez-vous aller discuter ailleurs, tous les deux, et me laisser entrer.

— Des jumeaux ? s'écria Becca en ouvrant la porte

sous le regard ironique de Theodosia. Tu crois que c'est possible ?

— Je ne sais pas, admit Christos. Allons rejoindre les autres…

Il demeura distant, presque absent, jusqu'à la fin du repas. Sans doute à cause de la réflexion de sa tante… Becca elle-même se sentait troublée. C'est seulement sur le trajet du retour que Christos lui adressa de nouveau la parole :

— Tu regrettes de m'avoir épousé ?

— Non, pas du tout, répondit-elle spontanément, surprise par la brutalité de sa question.

— Tu ne t'es pas mariée parce que je menaçais de contester la garde de l'enfant ?

Becca secoua la tête.

— Alors pourquoi ?

— Je suis peut-être d'accord avec toi, admit-elle d'une voix rauque. Un bébé a besoin d'un père et d'une mère.

Les yeux fixés sur la bouche sensuelle de Christos, elle pensait aux baisers ardents qu'ils avaient échangés…

— Peut-être que l'idée de devenir ma femme ne te déplaisait pas tant que ça ? suggéra-t-il d'une voix douce.

Elle baissa les yeux.

— Cela comporte de nombreux avantages, j'imagine…

Il sourit d'un air tendrement moqueur.

— Je t'en montrerai quelques-uns dès que nous serons à la maison, promit-il d'une voix sensuelle. Mais pour le moment, je vais changer notre billet d'avion et retarder notre départ de vingt-quatre heures.

— Notre départ ?

— Je t'emmène à Venise pour notre lune de miel. Mais je tiens à consulter d'abord un médecin pour vérifier les suppositions de tante Theodosia.

16.

— Oui, je distingue très nettement deux battements de cœur.

La vie de Becca changea radicalement à partir du moment où le médecin prononça ces mots. Au début, comme Christos se montrait extrêmement protecteur, ce fut très agréable de se faire gâter et dorloter. Malheureusement, elle apprit vite à ses dépens que la situation comportait de nombreux inconvénients.

La nouvelle de sa double paternité accentua les penchants autoritaires et dominateurs de son futur mari. Il s'affolait pour un rien, comme si le moindre souffle de vent risquait de l'emporter, et l'amusement de Becca se mua rapidement en désarroi. Surtout lorsqu'il décida d'annuler leur voyage de noces à Venise… Ce qui n'était pas nécessairement une mauvaise chose, car il ne semblait plus du tout éprouver de désir pour elle.

Même si beaucoup d'hommes réagissaient ainsi pendant la grossesse de leurs femmes, Becca avait terriblement peur que rien ne change après l'accouchement. Peut-être les choses auraient-elles été différentes s'ils étaient partis s'installer en Grèce comme prévu, mais Christos avait également décrété ce voyage impossible, en invoquant le stress et la chaleur.

Il était resté inébranlable, en dépit des protestations réitérées de Becca et des propos rassurants de l'obstétricien. Et comme il menait lui-même des négociations d'affaires délicates qui exigeaient sa présence dans plusieurs capitales européennes, Becca se retrouvait fréquemment seule à Londres.

Elle s'efforça d'affronter courageusement la situation. Chaque fois que Christos maudissait les circonstances et les contretemps, elle proclamait qu'elle goûtait ces moments de repos en solitaire. En réalité, son mari lui manquait plus qu'elle ne l'aurait cru possible…

Plusieurs fois, pendant l'un de ses brefs séjours, elle faillit se mettre en colère quand il lui reprochait, pour des broutilles, de trop se fatiguer. A l'entendre, elle aurait dû passer son temps sur une chaise longue ! Mais elle réussit à tenir sa langue et à garder son calme. Elle ne pouvait pas lui en vouloir de s'inquiéter pour la santé de leurs bébés. Malgré tout, même si elle comprenait ses motivations, elle lui pardonnait difficilement d'ordonner aux domestiques de surveiller les moindres de ses faits et gestes.

— Je ne t'espionne pas, Becca, avait-il protesté un jour qu'elle lui en faisait le reproche. Je tiens seulement à m'assurer qu'en mon absence tu ne commets aucune imprudence. Evidemment, si tu acceptais la présence d'une infirmière…

— Je suis enceinte, pas malade ! avait-elle protesté. Et, comme je te l'ai déjà dit, je n'ai besoin de personne pour s'occuper de moi. Ni gouvernante ni infirmière.

Christos n'avait pas insisté. Malgré tout, loin de triompher, Becca s'était sentie confusément coupable de voir le pli soucieux se creuser sur son front.

*
* *

A sa trente-sixième semaine de grossesse, Becca eut la surprise de voir rentrer Christos à l'improviste, après trois nuits d'absence. Tout de suite, il lui annonça qu'il prenait un congé sabbatique jusqu'après la naissance.

— Tu peux faire ça ? demanda-t-elle en songeant aux lourdes responsabilités qui lui incombaient.

— Je fais ce que je veux, répliqua-t-il, étonné par sa question. Ma présence t'embarrasse ? Tu vas te sentir moins libre de tes mouvements ?

Elle lui lança un regard ironique en se laissant tomber lourdement dans un fauteuil.

— Je n'ai guère de liberté de mouvement, objecta-t-elle. J'ai l'impression de peser dix tonnes.

— Tu as tout simplement l'air d'une femme enceinte sur le point d'accoucher, répliqua-t-il avec un sourire bienveillant. Epanouie, mais fatiguée.

— Toi aussi, tu as l'air fatigué, observa-t-elle en remarquant ses yeux cernés. Et je crois savoir pourquoi.

— Ah bon ? lança-t-il en se raidissant.

— A mon avis, tu travailles trop.

Il se contenta de sourire.

Soudain émue, elle eut envie de poser le doigt sur les plis qui barraient son front. Elle se retint néanmoins par crainte de se heurter à une rebuffade.

— Tu seras contente de m'avoir près de toi ? demanda-t-il en la scrutant avec intensité.

— Bien sûr.

Becca contrôlait tellement ses émotions que sa réponse parut totalement guindée et dénuée de spontanéité.

— Tu as peut-être pris des habitudes de célibataire dans cette maison, suggéra-t-il.

— Je saurai faire les ajustements nécessaires, dit Becca.

— De toute manière, tu ne seras plus seule longtemps…

— Je l'espère, soupira-t-elle. Cette grossesse me semble durer depuis des siècles.

Quand Christos passa dans la salle de bains, Becca en profita pour descendre dans la cuisine commander au chef les mets qu'il préférait.

A peine s'étaient-ils assis à table pour commencer à manger que le portable de Christos sonna et il en profita pour s'éclipser et partir, comme s'il n'attendait que ce prétexte…

— *Kyria… ?*

Becca força un sourire sur ses lèvres quand Spyros, le sommelier, lui proposa en dessert une part de tarte au citron.

— Non merci, répondit-elle. Je n'ai plus faim. Apparemment, Christos ne reviendra plus pour dîner. Remerciez Fabien de ma part. Tout était délicieux, comme d'habitude.

A l'étage, elle se doucha avant de se coucher, en réfléchissant à tout ce qu'elle dirait à Christos quand il daignerait rentrer.

— Si tu t'en vas maintenant, je ne serai plus là à ton retour ! avait-elle lancé imprudemment au moment où il passait la porte.

Il s'était retourné en plissant les yeux, avec une expression qui lui faisait encore froid dans le dos quand elle y pensait.

— Je dois aller m'occuper d'Alex, avait-il expliqué

d'un ton sec. Et ce n'est pas la peine de proférer des menaces que tu n'as pas l'intention d'exécuter.

— Qu'en sais-tu ?

Il avait ajouté d'une voix incrédule :

— De toute manière, tu ne penses tout de même pas que je te laisserais partir ?

— Je me demande si tu remarquerais mon absence, avait-elle répliqué sur un ton puéril.

Christos avait passé une main sur son front soucieux.

— Nous en reparlerons un peu plus tard.

— Je n'en aurai peut-être plus envie.

Il est vrai qu'elle s'était comportée en petite fille boudeuse… Mais d'un autre côté, Christos manquait singulièrement de cohérence. Juste après lui avoir promis de rester avec elle, il la délaissait pour voler au secours d'un cousin qui avait besoin de son aide et que pourtant il méprisait.

Même sans être paranoïaque, cela semblait singulièrement désinvolte.

En se glissant entre les draps du lit qu'ils étaient censés partager, Becca se sentit assaillie par une vague de tristesse. Christos prenait souvent prétexte de ne pas la réveiller pour dormir seul sur le canapé du salon. Comme ils n'avaient que le sexe pour les réunir, en tout cas du point de vue de Christos, elle était torturée par la pensée qu'il assouvissait ses pulsions ailleurs.

Se redressant soudain d'un air résolu, elle essuya ses joues mouillées de larmes. Il était peut-être temps de se ressaisir et de découvrir une bonne fois pour toutes si ses inquiétudes étaient fondées !

Et si c'était le cas ?

Becca secoua vigoureusement la tête. Pour le moment, elle refusait d'envisager cette éventualité.

D'une main tremblante, elle composa le numéro d'Alex, qu'elle trouva dans le répertoire de Christos. On décrocha presque aussitôt, ce qui, dans d'autres circonstances, lui aurait paru très bizarre.

— Sally, c'est Becca… Excuse-moi de te déranger, mais peux-tu me passer Christos, s'il te plaît ?

— Je suis désolée, il n'est pas là, répondit la jeune femme après une légère hésitation.

Il avait menti… !

— Becca ? Tu es toujours là ? Il au…

Le combiné tomba sur le tapis et Becca porta une main à sa bouche pour étouffer le cri de désespoir qui s'échappait de sa gorge. Elle avait eu tort de croire que la vérité la soulagerait. Elle s'était même trompée du tout au tout…

Dans un curieux mélange de chagrin et d'hébétude, mais avec un calme étonnant, elle entreprit de remplir un sac de voyage. Elle agissait avec des gestes lents et méthodiques, ramassant autour de la pièce les vêtements qui traînaient, s'appliquant à les plier avec soin.

C'était inévitable, songea-t-elle en se mordant la lèvre pour réprimer un sanglot. Il n'avait jamais dit qu'il l'aimait, de toute façon. Mais il lui avait pourtant juré fidélité ! Il avait donc failli à sa promesse. Jamais elle ne supporterait son inconstance, même si le bien-être de ses bébés en dépendait.

Elle s'assit sur le bord du lit pour réfléchir à ce qu'elle devait faire. Elle s'installerait chez ses parents. Il lui serait malheureusement impossible de retrouver son emploi, mais avec un peu de chance, elle décrocherait un poste d'intérimaire.

Incapable de se retenir plus longtemps, elle se mit à pleurer à chaudes larmes. Elle pleurait toujours, deux heures plus tard, lorsque, épuisée par le déferlement de ses émotions, elle finit par sombrer dans un profond sommeil.

La première chose que Becca vit en se réveillant fut le visage de Christos sur l'oreiller, à quelques centimètres du sien. Sa première réaction de joie céda vite la place à un mélange de colère et de frustration intense, à la limite de l'intolérable.

Avec mille précautions, sans le quitter des yeux, elle s'écarta et se leva. Tandis qu'elle restait un moment à le regarder, il bougea dans son sommeil et elle retint anxieusement son souffle. Heureusement, sa respiration ne tarda pas à redevenir calme et régulière.

Comme elle, il s'était endormi tout habillé. Aux prises avec des émotions contradictoires qui lui lacéraient le cœur, elle n'arrivait pas à détourner le regard. Une immense nostalgie la déchirait en même temps que des flots de souvenirs assaillaient sa mémoire. Elle le revoyait étendu au-dessus d'elle, avec ses bras vigoureux et la musculature de son torse puissamment dessinée, des gouttes de transpiration perlant à ses tempes… Elle inspira profondément pour s'obliger à repousser ces images.

Un instant, elle faillit écouter la voix qui résonnait dans son for intérieur et lui commandait de se recoucher à côté de cet homme pour se serrer contre la chaleur délicieuse de son corps. *Tu n'as donc aucun amour-propre ?* se demanda-t-elle dans un sursaut de fierté.

Refoulant ses larmes, Becca se dirigea vers la porte en titubant. Elle devait absolument quitter cette pièce. Sinon, elle ne répondait pas de la suite.

Une fois sur le palier, elle s'appuya dos au mur et ferma les paupières en se forçant à respirer profondément.

Le monde est rempli d'hommes volages et infidèles. Tu en as épousé un, voilà tout... Elle passa des doigts mal assurés dans le désordre de ses boucles emmêlées. Il lui fallait réagir sans tarder. En se souvenant du sac de voyage resté dans la chambre, elle se demanda s'il était bien prudent de retourner le chercher...

— *Kyria... ?*

Becca rouvrit les yeux. Le majordome, d'ordinaire impassible, la considérait d'un air inquiet.

— Tout va bien, madame ?

Elle hocha la tête.

— Ce n'est rien, le rassura-t-elle.

Sauf que ma vie est complètement détruite..., ajouta-t-elle intérieurement.

— Vous avez une visite, reprit le domestique après une hésitation.

— Christos dort encore. Il n'est pas disponible pour l'instant.

— La visite est pour vous, *kyria...*

Sous le coup d'une prémonition, Becca frissonna, tandis que le majordome poursuivait :

— Il s'agit de miss Karas. Elle a été...

— Fiancée à mon mari, oui, je sais, l'interrompit Becca avec une maîtrise de soi qu'elle était loin de ressentir.

Ses pensées se précipitèrent. Christos avait-il passé

la nuit entre les bras de Melina Karas ? Comme toutes les autres nuits où il était prétendument en voyage d'affaires ?

— Elle est dans le salon. Devant son insistance, j'ai été obligé de la faire entrer. Je devrais peut-être réveiller M. Carides…

Becca se redressa d'un air décidé.

— Ce n'est pas la peine. Je vais la recevoir moi-même.

17.

Lorsque Becca pénétra dans le salon, sa visiteuse la toisa avec un sourire condescendant, comme si les rôles étaient renversés et qu'elle était la maîtresse des lieux. Cependant, Becca soutint son regard avec une assurance qui sembla l'irriter considérablement.

— Vous ignorez qui je suis…

— Pas du tout, la coupa Becca.

— Asseyons-nous, nous serons plus à l'aise pour parler, reprit la visiteuse, sans se départir de ses manières arrogantes.

Becca, qui mourait pourtant d'envie de s'asseoir, resta debout délibérément, tout en continuant à observer la femme qui se tenait devant elle. Une lueur mauvaise brillait au fond de ses yeux en amande… Cette femme était-elle réellement la maîtresse de son mari, celle dont il ne pouvait pas se passer ? Si tel était le cas, l'amour avait altéré ses facultés de jugement. Lui qui était d'ordinaire si bon juge en matière de psychologie humaine, s'était visiblement fourvoyé. Melina Karas était une femme froide et superficielle, sans grand intérêt.

Becca redressa le menton et secoua la tête en fronçant les sourcils.

— Je vous ai déjà vue quelque part, il me semble…

Elle fit brusquement le lien avec une cliente d'un magasin de jouets qui lui avait donné son avis sur des mobiles musicaux à suspendre au-dessus des berceaux.

— Vous étiez dans la même boutique que moi, l'autre jour… Et dans le même salon de thé ! Ce n'est pas une simple coïncidence, j'imagine ? Vous m'avez suivie ! conclut-elle, horrifiée.

Melina haussa les épaules.

— J'étais curieuse de découvrir le genre de femmes qui avait réussi à prendre Christos au piège, je l'avoue.

— Je n'ai rien fait de tel !

— Bien sûr que si. Mais cela n'a plus guère d'importance, à présent, concéda Melina avec un sourire plein de fausse bonté. Au début, j'ai été très en colère. Je vous en voulais d'avoir profité d'un moment où Christos était particulièrement vulnérable. Mais ensuite, j'ai compris que vous étiez complètement folle de lui, au point d'avoir perdu toute lucidité. Vous avez tout de même conscience que Christos m'aime ?

Quelques minutes plus tôt, Becca se serait effondrée. En effet, en pénétrant dans cette pièce, elle s'était préparée à affronter la femme que Christos lui préférait, la femme qui le rendait heureux. Mais en écoutant parler cette créature à la beauté irréelle, elle avait changé d'avis. Cette femme était incapable d'aimer. Elle était dure, mesquine, orgueilleuse et égoïste. Certes, Becca n'était pas complètement objective, mais son instinct lui soufflait qu'elle avait raison.

Un sourire tranquille se dessina sur ses lèvres.

— C'est moi qu'il a épousée, déclara-t-elle.

Sa remarque déstabilisa un instant son interlocutrice.

— Je vous plains.

— Parce que Christos m'a épousée ? lança Becca en secouant la tête. Non, je crois plutôt que vous êtes jalouse.

Elle avait apparemment fait mouche, car Melina s'empourpra violemment.

— Sa famille ne vous acceptera jamais. Vous serez toujours considérée comme une paria, maugréa-t-elle entre ses dents.

— Qu'en savez-vous ?

— Nous n'avons jamais cessé de nous voir, s'écria-t-elle d'une voix aiguë, en exhibant triomphalement un agenda. Athènes, Rome, Paris… J'ai le nom des hôtels et toutes les dates.

— Les déplacements de mon mari sont de notoriété publique.

— Il était avec moi cette nuit ! Toute la nuit, précisa Melina en voyant Becca pâlir.

La porte s'ouvrit à ce moment-là sur Christos, qui se planta sur le seuil avec une expression furieuse sur le visage. Il avait le sac de voyage de Becca à la main. Les yeux rivés à ceux de la jeune femme, il en renversa le contenu à terre.

— Qu'est-ce que ça veut dire ? demanda-t-il.

— Que tu vas devoir tout ramasser parce que je suis incapable de me baisser, soupira-t-elle en posant les deux mains sur son ventre.

La réponse de Becca le désarçonna un instant.

— Je te préviens, tu n'iras nulle part sans… *Theos, Melina… ?*

Il s'interrompit un instant avant de reprendre :

— Peux-tu me dire ce que tu fais ici ?

Aussitôt, Melina se lança dans un long discours en grec.

— Parle anglais devant ma femme, lui commanda Christos sèchement.

Puis il traduisit, pour Becca :

— Melina croit m'avoir épargné la pénible corvée de t'annoncer la vérité.

De nouveau, il se tourna vers l'intruse, avec un mépris manifeste :

— C'est-à-dire, Melina ?

Celle-ci émit un petit rire de coquetterie.

— Eh bien… Mais que nous nous aimons encore tous les deux, mon chéri ! Et que nous avons eu tort de rompre, évidemment ! Malgré tout, étant donné son état, je comprends que tu ne lui aies rien dit.

— Mais toi, tu l'as fait ? observa Christos, qui sentait la fureur l'envahir.

Si Becca ou les bébés devaient en pâtir, il étranglerait cette femme de ses propres mains !

— Elle a le droit de savoir, protesta Melina. Et de toute façon, elle l'aurait appris tôt ou tard. Je t'aime, Christos.

— Tu es incapable d'amour.

Il lança un regard inquiet à Becca.

— Ça va ?

— Plus ou moins bien, admit-elle. Mais je m'accroche.

— Elle nie la réalité, commenta Melina d'un ton méprisant.

Christos poussa une exclamation d'impatience.

— C'est plutôt toi ! Car je ne t'aime pas et je ne t'ai jamais aimée.

Melina cilla puis se reprit. Elle le fixa droit dans les yeux avec une détermination farouche.

— Tu n'en penses pas un mot. Nous sommes faits l'un pour l'autre. Tu dis cela uniquement à cause d'elle !

Christos s'interposa pour la repousser lorsqu'elle s'avança, menaçante, vers Becca. Tout à coup, elle devint livide et s'arrêta net.

— Pourtant, tu m'aimes ! protesta-t-elle en tremblant.

Gênée, Becca détourna les yeux.

— Je suis marié, répondit Christos. Et même si je ne l'étais pas, cela ne changerait rien à mes sentiments. Je n'éprouve rien pour toi.

Melina eut un sanglot de désespoir.

— Tu ferais mieux de t'en aller, reprit Christos. Et maintenant, je t'avertis, Melina : si tu t'avises de remettre les pieds chez moi, tu en subiras les conséquences.

Il décrocha le téléphone.

— Je t'appelle un taxi.

— Ne prends pas cette peine, lâcha-t-elle en se dirigeant vers la porte.

Sur le seuil, elle se retourna avec un sourire mauvais.

— Puisque tu prétends que tu n'étais pas avec moi, dis-lui où tu étais cette nuit, lança-t-elle avant de disparaître.

L'écho de ses paroles résonna longtemps dans la pièce après son départ.

Becca se laissa tomber sur le canapé et Christos contempla un instant sa tête baissée, la masse cuivrée de ses cheveux qui retombaient en cacade sur ses épaules. Puis, avec un juron, il s'agenouilla à ses pieds.

Il tendit la main pour lui caresser la joue et elle le

regarda avec une expression hébétée, en essayant d'analyser ce qui venait de se produire.

— Je suis sincèrement désolé pour ce regrettable incident, déclara Christos avec une grimace de dépit. Jamais je n'aurais imaginé qu'elle me tendrait ce genre de piège. Mais tu t'en es sortie remarquablement bien.

Becca eut un rire ironique.

— Ah bon ? Parce que j'ai accepté stoïquement tous ses sous-entendus ?

Christos parut choqué.

— Tu l'as donc crue ? Et pourquoi as-tu fait tes bagages hier soir ? Avais-tu sérieusement l'intention de me quitter ?

— Oui… Non… Je ne sais pas, admit-elle.

— Je ne supporterais pas de te perdre.

Une intensité douloureuse se lisait sur ses traits. *C'est à cause des bébés,* se répéta Becca pour s'exhorter à la prudence. Mais son cœur s'emballait déjà, sans retenue.

— Et moi, je ne supporterais pas que tu me trompes avec une autre, admit-elle sans ambages.

— Comment peux-tu dire une chose pareille ?

— Tu ne m'as pas fait l'amour depuis si longtemps…

— Je m'inquiétais pour les bébés, expliqua-t-il.

— Ne te sers pas d'eux pour te dérober, objecta-t-elle avec raideur. Même si j'ai un tour de taille impressionnant en ce moment, ce n'était pas encore le cas lorsque tu as cessé de me toucher.

Avec un sanglot, elle ajouta, en criant presque :

— Tu ne me supportes donc plus ?

— Tu ne crois tout de même pas une telle sottise ?

— Malheureusement, c'est ce que je constate, insista-t-elle avec entêtement.

— *Theos !*

Il enfouit les deux mains dans sa chevelure soyeuse. Et à la stupéfaction de Becca, il éclata de rire.

— Tu trouves cela drôle ! s'écria-t-elle, indignée, avec une furieuse envie de le gifler.

Redevenu sérieux, Christos la prit par les épaules.

— Regarde-moi, *pethu mou.*

Le cœur battant, Becca obtempéra. Ce qu'elle lut alors au fond de ses yeux brillants la bouleversa. Pourtant, elle n'osait pas y croire…

— J'ai cessé de te toucher parce que j'avais peur.

— Je… Je ne comprends pas, bredouilla-t-elle.

— Deux bébés…

Becca s'emporta.

— Je sais que ta mère a vécu une grossesse difficile, mais ce n'est pas une raison pour me délaisser ! protesta-t-elle, indignée. Je ne suis pas ta mère. En fait, je ne suis même pas encore mère. Et même quand j'en serai une, j'espère continuer à me sentir femme. Mais pour le moment, j'ai l'impression de ne plus rien être du tout…

Elle interrompit sa tirade véhémente pour reprendre son souffle et les larmes se mirent à ruisseler sur ses joues tandis que sa poitrine se soulevait par saccades.

— Rassure-toi, Becca, tu es toujours aussi féminine et désirable et tu continues à m'inspirer beaucoup de désir. Cela n'a rien à voir avec mon comportement.

Un peu calmée, elle poursuivit avec un reste d'hostilité dans la voix :

— Dans ce cas, explique-moi les raisons de ton comportement.

— As-tu une idée du taux de mortalité dans les cas de grossesse multiple ? s'enquit-il.

— Aucune femme n'a jamais été autant surveillée que moi, médicalement parlant, remarqua-t-elle d'un air maussade.

— Je me suis toujours enorgueilli de la maîtrise parfaite que j'exerce sur mon corps et mes émotions. Mais dès que je te touche… Il faut bien admettre que nos ébats amoureux n'ont rien de pacifique, *pethu mou*.

Elle rougit de plaisir en apercevant la lueur de malice qui éclairait son regard. Comme cette complicité lui avait manqué, ces derniers temps…

— Je m'en souviens très vaguement, admit-elle d'une voix rauque, avec une expression exaspérée. Mais sans parler de relations sexuelles, tu aurais pu me témoigner un peu de tendresse ou d'affection…

— Tu n'as jamais semblé avoir besoin de…

— De quoi ? demanda-t-elle quand il s'interrompit au milieu de sa phrase.

— De moi.

Becca le considéra avec stupéfaction. Il ne lui était jamais venu à l'esprit que Christos ait besoin d'être rassuré sur ce point…

— Tu n'avais pas l'air de souffrir de mes absences. Au contraire, elles semblaient te satisfaire, l'accusa-t-il. Par moments, je me sentais complètement… de trop.

— Eh bien, tu te trompais, Christos.

— Que se passerait-il si je perdais le contrôle de moi-même et… ?

— C'est stupide !

Comme il l'interrogeait du regard, elle expliqua :

— Tu es incapable de me faire du mal, Christos. Même

si tu es un amant passionné, tu n'es ni brutal ni égoïste et je t'interdis de penser à toi-même de cette façon.

Sans lui laisser le temps de répondre, elle prit son visage entre ses mains et posa sa bouche sur la sienne. Pendant quelques secondes, il resta sans réaction, puis, avec un long soupir, il lui rendit son baiser avec une ferveur et une tendresse qui la bouleversa.

Quand ils mirent fin à leur baiser, ils étaient aussi émus l'un que l'autre.

Christos essuya une larme qui coulait sur la joue de Becca.

— Tu n'imagines pas combien il m'a été douloureux et difficile de garder mes distances, confessa-t-il d'une voix altérée par l'émotion.

Raconte-moi ! l'implora-t-elle en silence.

— Mais nous ne savons pas être sages, n'est-ce pas ? reprit-il avec une lueur de passion au fond des yeux. Dès que je pose la main sur toi, quelque chose s'embrase à l'intérieur de moi.

— Ce n'est pas pour me déplaire, confessa-t-elle avec une moue de coquetterie. Au contraire.

— Mon frère jumeau était mort-né, tu le sais ?

Ses craintes étaient tellement tangibles qu'elle en vibra de compassion.

— Nos bébés vont parfaitement bien, Christos. Pose ta main sur mon ventre, pour les sentir.

Il hésita.

— Je peux vraiment ? s'enquit-il d'une voix rauque.

Elle plaça elle-même sa main et il écarquilla les yeux.

— Ils sont toujours aussi agités ?

— Souvent ! Comme tu vois, ce sont de solides gaillards.

— Et ils le demeureront, murmura-t-il, les yeux brillants.

— Bien sûr, répliqua Becca.

Il soupira.

— Après ma naissance, ma mère est tombée malade, expliqua-t-il. Je n'ai évidemment aucun souvenir de cette période, et personne n'en parle jamais, mais les enfants perçoivent beaucoup de choses…

Becca hocha la tête. Institutrice, elle savait combien les enfants étaient impressionnables.

— Après le traumatisme de l'accouchement et la mort de… Vasilis, ma mère a connu ce qu'on appellerait maintenant une dépression post-natale. Mais à l'époque, on ne parlait pas de ce genre de maladies. Elle était lointaine, inaccessible et son mariage avec mon père a commencé à battre de l'aile. Dans sa détresse, elle en est venu à croire que le drame était survenu par la faute de son mari.

— Les gens ont parfois besoin de trouver un responsable, lorsqu'ils souffrent.

— Elle l'a accusé d'avoir fait passer son plaisir avant tout et d'avoir tué son bébé.

— Oh, le pauvre homme ! Et comme ta mère a dû regretter ses paroles, par la suite !

— Oui, j'imagine. Mais ce drame a jeté pour des années une ombre tragique sur notre vie familiale. D'autant plus que ma mère ne pouvait plus avoir d'enfants. Si tu devais un jour me dire une chose pareille, Becca…

Il s'interrompit, la gorge nouée.

Becca n'oublierait jamais l'expression angoissée qu'il eut à ce moment-là.

— Pour un homme intelligent, tu te comportes comme un idiot ! lança-t-elle.

Devant sa mine éberluée, elle faillit éclater de rire et continua :

— Si tu avais tant de soucis et d'inquiétudes, pourquoi ne les as-tu pas partagés avec moi ?

Cette fois-ci, devant sa mine interloquée, elle se mit à rire pour de bon.

— C'est ce que font les gens mariés. Et nous sommes mariés, je te le rappelle.

— Tu t'apprêtais à me quitter, répondit-il en montrant les vêtements éparpillés sur le sol.

— Tu n'étais pas chez Alex cette nuit quand j'ai téléphoné…, avoua-t-elle.

— Tu as… téléphoné ? demanda-t-il, d'un air stupéfait.

— Je voulais en avoir le cœur net… A présent, je me rends compte que j'ai peut-être tiré des conclusions trop hâtives… Tu es bien trop direct pour pratiquer l'hypocrisie.

De plus, elle était presque certaine que Christos ne l'aurait pas trompée avec cette peste de Melina…

— Au fait, Melina m'a suivie, révéla-t-elle.

— Comment ?

Quand Becca lui eut expliqué ce qui s'était passé, Christos serra les poings avec un mélange de colère et d'effarement.

— Tu aurais dû m'en parler tout de suite !

— Je ne pouvais pas savoir que c'était ton ex, à ce moment-là.

Becca baissa les yeux avant de demander :

— Est-ce que tu étais chez elle cette nuit ?

La mâchoire de Christos se crispa.

— Oui. Mais pas pour ce que tu penses.

— Tu ne sais pas ce que je pense…

— Ça, c'est certain ! rétorqua-t-il. Tu n'en finis pas de me surprendre ! En tout cas…

Il réfléchit un instant, puis inspira profondément.

— Pour ce qui est de la nuit dernière…

— Tu n'es pas obligé de me le dire.

— Si. Depuis quelques semaines, Sally soupçonnait Alex d'avoir renoué avec Melina…

— Melina et Alex !

Christos hocha la tête.

— Je ne sais pas s'il s'agit d'une liaison à proprement parler… Alex me considère depuis toujours comme un rival à humilier, et Melina m'en voulait d'avoir rompu nos fiançailles.

— C'est toi qui as rompu ? J'ai toujours cru…

— Quoi donc ?

— Qu'elle t'avait plaqué et que tu avais couché avec moi pour te consoler.

Christos haussa les sourcils d'un air étonné.

— Mes fiançailles avec Melina étaient presque terminées avant même d'avoir commencé…, expliqua-t-il. Le soir où elles ont été rendues publiques, Melina avait bu un peu trop de champagne. C'était l'anniversaire de mariage de ses parents… Et elle a convaincu son père de faire une annonce officielle. Au lieu de m'y opposer tout de suite, comme je l'aurais dû, je me suis dit, *Pourquoi pas… ?*

Il haussa les épaules.

— Nous étions sortis ensemble pendant un petit bout de temps… Je voulais fonder une famille. Il n'a pas été difficile de me convaincre que ce mariage suffirait à me contenter. Pour ma défense, tu n'avais pas encore croisé ma route à cette époque de mon existence. La situation me paraissait donc tout à fait *vivable*.

Les yeux de Becca s'embuèrent tandis qu'il poursuivait :

— Malgré tout, j'ai vite eu des regrets.

— Qu'a-t-elle fait quand tu as tout annulé ?

— Le jour où je devais passer lui rendre ses clés, elle a imaginé… une petite mise en scène. Elle était avec Alex sur le tapis, à moitié dévêtue…

Becca n'en croyait pas ses oreilles.

— Qu'as-tu dit ?

— Rien.

— *Rien ?* répéta-t-elle, sidérée. Cela ne te ressemble guère.

— Eh bien, leurs manigances m'ont laissé de marbre. Je me moquais éperdument de leurs histoires. Mais je me suis tout de même rattrapé par la suite… Cela t'intéressera peut-être de savoir que cinq minutes après t'avoir rencontrée, j'ai donné un coup de poing à mon cousin.

— Pourquoi ?

— Je pensais qu'il avait mal agi envers toi.

Réprimant un sanglot, Becca se jeta à son cou pour l'embrasser.

— Tu sais que je désapprouve la violence, déclara-t-elle avec un sourire.

— Bien sûr. Moi non plus, je n'aime pas la brutalité.

— Mais Alex est un homme abominable.

— Je suis bien d'accord.

— Et je plains la pauvre Sally.

Christos hocha la tête.

— Elle mérite mieux que mon cousin. Hier soir, quand elle a exigé une explication, il a fini par admettre qu'il était chez Melina. Elle était dans un état épouvantable, lorsqu'elle m'a appelé. Elle m'a supplié d'user de mon influence sur Melina pour lui ordonner de laisser Alex tranquille. Elle était si désespérée que j'ai décidé de rappeler mon cousin à ses devoirs de père de famille.

— C'est ce que Melina voulait… t'attirer chez elle.

— Tu comprends plus vite que moi. Quand je suis arrivé, Alex était soûl. Mais le problème n'était pas là.

— Melina en avait après toi, n'est-ce pas ?

— Je ne rentrerai pas dans les détails, déclara-t-il avec une moue de dégoût. Mais quand j'ai refusé ses avances, elle est devenue très… désagréable.

Becca, qui avait constaté par elle-même combien Melina pouvait être « désagréable », ne demanda aucun détail.

— Ensuite, tu as raccompagné Alex chez lui ? s'enquit-elle.

Christos acquiesça.

— Je lui ai fait peur en lui racontant comment le père de Sally s'était vengé d'un escroc qui avait détourné des fonds de son entreprise. Or, aux yeux de Carl Stone, sa fille est encore plus sacrée que son argent !

— Pardonne-moi d'avoir tiré des conclusions trop hâtives, murmura Becca d'un air coupable.

— J'aurais dû me mettre à ta place et considérer la situation de ton point de vue.

Becca poussa un soupir de plaisir quand Christos enfouit les doigts dans sa chevelure.

— Quand on est très amoureux, on se sent fragilisé

lorsqu'on pense ne pas être aimé en retour, observa-t-elle d'une voix songeuse.

Christos s'immobilisa.

— Tu es amoureuse de moi ?

L'espace d'une fraction de seconde, elle faillit nier avec véhémence, puis, tout à coup, elle se ravisa. Après tout, quelle importance ? Elle ne pourrait pas éternellement dissimuler ses sentiments…

Avec une expression de défi, elle plongea ses yeux au fond des siens.

— De toute façon, cela ne change rien…

Il la regarda comme si elle était brusquement devenue folle.

— Pardon ? Mais cela change tout, au contraire !

Puis, sans crier gare, il prit ses lèvres, pour l'embrasser à perdre haleine.

Une éternité plus tard, il s'écarta d'elle avec précaution, comme s'il avait peur de la briser. *Si c'est un rêve, j'espère que je ne me réveillerai jamais*, songea Becca en contemplant le regard éperdu de tendresse de Christos.

— Si je comprends bien, tu n'es pas rebuté par… enfin…

— *Rebuté ?* répéta-t-il avec un rire de soulagement. Mais, ma chérie, je serais vraiment un curieux personnage si cet aveu prononcé par ma femme ne transformait pas radicalement mon existence !

Becca cligna des yeux en s'efforçant désespérément de saisir le sens de ses paroles.

— J'ai eu pour toi un véritable coup de foudre, avoua Christos. Je t'aime depuis le premier instant où ta chevelure flamboyante a attiré mon regard. J'ai tout de suite su qu'il fallait à n'importe quel prix que je te garde auprès de moi.

Becca se mit à trembler d'une manière incoercible.

— Tu ne m'as épousée que parce que j'étais enceinte…, protesta-t-elle faiblement.

— Je t'ai épousée parce que je ne peux pas vivre sans toi, rectifia-t-il.

Elle posa le front contre son torse en pensant à toutes les horribles nuits sans sommeil qu'elle avait passées.

— Et il ne t'est jamais venu à l'esprit de me le dire ? murmura-t-elle. Moi qui croyais que tu t'accommodais d'un mariage de pure convenance…

— Je ne suis pas aussi idiot que j'en ai l'air. Je voulais me marier avec toi, depuis le début. Je suis content d'être arrivé à mes fins.

Elle lui sourit amoureusement. La gorge nouée par l'émotion, elle mêla ses doigts aux siens.

— Où que tu ailles, je te suivrai. Fût-ce au bout du monde.

Épilogue

En revenant de son rendez-vous, Becca, impatiente de partager la nouvelle avec Christos, courut sur la terrasse. Comme elle aimait cette demeure de bord de mer, sans domestiques ni secrétaires, à l'abri de l'agitation du monde ! Comme ils y étaient bien, seuls, en famille… Et Christos chérissait autant qu'elle la vie tranquille qu'ils menaient là…

Avec un soupir de plaisir, elle contempla la plage de sable et les trois silhouettes qui s'ébattaient dans les eaux bleues. Ces trois êtres qui étaient la raison de vivre de Becca Carides. Elle agita la main dans leur direction.

Dès qu'il l'aperçut, Christos agita la main en retour avec un sourire. Comme chaque fois qu'il la contemplait, une vague de désir le submergea. Elle faisait glisser les bretelles de sa robe, sous laquelle elle portait le Bikini rouge qu'il aimait tant.

En se penchant pour détacher les lanières de ses chaussures, Becca glissa un regard en coin pour observer son mari qui courait à sa rencontre. Avec ses longues jambes, sa large carrure et sa musculature puissante, elle ne se lassait pas de le regarder.

— Où étais-tu ? demanda Christos en déposant

au sol les deux adorables fardeaux qu'il portait dans chaque bras.

Sans même attendre sa réponse, il s'empressa d'ajouter :

— Non, ils ne sont pas restés trop longtemps au soleil. Oui, je leur ai mis de la crème et ils ont gardé leurs chapeaux sur la tête… presque tout le temps.

Il souleva le bob de sa fille, qui le lui reprit presque aussitôt

— Elle a déjà des attitudes typiquement féminines ! observa-t-il en déposant un baiser passionné sur les lèvres de Becca. J'ai dû batailler toute la matinée et maintenant, elle ne veut plus l'enlever !

Il caressa gentiment les cheveux de la petite fille d'un an.

Becca sourit. Beaucoup de gens auraient du mal à identifier cet athlète détendu, couvert de sable, avec l'homme d'affaires qui pouvait faire trembler tout un conseil d'administration.

— *Theos !* s'exclama Christos. Je n'ose penser avec quelle rapidité Vasilis se déplacera quand il se décidera enfin à marcher !

Il rejoignit son fils.

— Quand vas-tu rattraper ta sœur, Vasilis ?

— Ne t'inquiète pas. A chacun son rythme, intervint Becca.

Le père et le fils se ressemblaient étonnamment. Sauf que Vasilis avait les yeux bleus… comme sa mère. Alors que sa jumelle avait hérité des yeux noirs de Christos.

— Les filles mûrissent plus vite, ajouta-t-elle. Tu m'entends, Effy ?

La petite fille était en train de mâchouiller son chapeau.

— Elle a sûrement encore une dent qui pousse.

Christos leva les yeux au ciel avec un gémissement.

— Encore ?

Becca se mit à rire. Des moments comme celui-ci suffisaient à lui procurer une sensation de bonheur intense.

— Tu as l'air bien contente de toi, remarqua Christos.

— Absolument, confirma-t-elle en tendant ses lèvres pour réclamer un autre baiser.

Il étudia pensivement ses yeux brillants et ses joues roses.

— Ce sentiment de satisfaction a-t-il quelque chose à voir avec ton mystérieux rendez-vous de ce matin ?

— En effet…

Incapable de dissimuler la nouvelle plus longtemps, elle annonça tout à trac :

— Le docteur a confirmé ce que je savais déjà… Je suis enceinte, Christos. Nous allons avoir un autre bébé !

Christos s'immobilisa.

— Déjà ! Mais nous venons à peine de prendre la décision ! Ces choses-là prennent un peu plus de temps, d'habitude.

— Pas toujours… Nous sommes bien placés pour le savoir, toi et moi.

— Un bébé…, murmura-t-il.

Puis, il déposa les jumeaux dans leur parc rempli de jouets avant de revenir vers Becca pour la prendre tendrement dans ses bras.

— C'est bien ce que tu désires, j'espère, *yineka mou* ?

— Je n'ai jamais été aussi heureuse de ma vie, Christos. Et toi ?

Son mari porta les mains de la jeune femme à ses lèvres pour déposer un baiser au creux de chaque paume.

— Aucun homme au monde ne peut l'être autant que moi.

Becca sentit sa gorge se nouer.

— Je t'aime tellement que c'en est presque douloureux, confessa-t-elle d'une voix rauque.

Pour toute réponse, il l'embrassa avec passion.

Quand il redressa la tête, quelques minutes plus tard, Becca confessa :

— Je ne remercierai jamais assez le ciel de t'avoir rencontré. Quand je pense que tu aurais pu ne pas venir au mariage d'Alex, j'en frémis d'épouvante…

Il pressa une main possessive sur ses reins.

— De toute façon, tôt ou tard, nous nous serions rencontrés. Nous sommes faits l'un pour l'autre.

Une larme perla aux paupières de Becca.

— Tu le crois vraiment ?

— Pas toi ?

Un sourire de pure félicité éclaira le visage de Becca.

— Je crois que nous avons tous, quelque part, quelqu'un qui lui est destiné. Malheureusement, certains se cherchent toute leur vie sans jamais se trouver. Moi, je suis la plus heureuse des femmes de t'avoir rencontré.

collection *Azur*

Ne manquez pas, dès le 1er avril

UN ODIEUX PARI, Jane Porter • *N°2871*

Effarée, Samantha apprend que, pour effacer ses dettes, l'homme qu'elle a été contrainte d'épouser l'a offerte, *elle*, à Cristiano Bartolo, son rival au jeu ! Si elle s'oppose à cette ignoble tractation, elle perdra la garde de la petite Gabriela. Forcée d'accepter, Samantha se prépare à affronter Cristiano, un homme froid et sans scrupules…

UN MILLIARDAIRE TROP SÉDUISANT, *Christina Hollis* • N°2872

Sur le marché de Portofino, Sienna fait la connaissance de Garett Lazlo, un milliardaire américain à la recherche d'une interprète. Tout en sachant qu'elle joue avec le feu en côtoyant un homme si séduisant, elle accepte de jouer ce rôle. Pour quelques jours seulement…

UN SI DOUX MENSONGE, *Lee Wilkinson* • *N°2873*

Lors d'un entretien de recrutement, Gail a la stupeur de se retrouver face à Zane Lorenson, l'homme qui hante ses rêves depuis huit ans et qu'elle croyait ne jamais revoir. Très vite, cependant, elle se demande s'il s'agit bien d'un hasard...

SEPT JOURS POUR S'AIMER, *Anne McAllister* • *N°2874*

Depuis des années, Sadie est amoureuse de Spencer Tyack. Si bien, qu'après ses études elle est revenue vivre à Butte, dans le Montana, afin de travailler avec lui. Pourtant, jamais Spencer ne l'a regardée autrement que comme une amie et une associée. Mais la situation devient intenable lorsque, dans le but d'emporter un contrat, il lui demande de se faire passer pour son épouse…

PRISONNIÈRE DE LA PASSION, *Carole Mortimer* • N°2875

Si elle ne veut pas voir son héritage tomber dans les mains de son cousin, un individu veule qu'elle exècre, Gabriella va devoir épouser Rufus Gresham, le fils du second mari de sa mère, et vivre avec lui pendant six mois. Comment va-t-elle supporter la présence de cet homme dont elle est tombée amoureuse au premier regard, mais qui l'a toujours méprisée ?

LA VENGEANCE DE VINCENTE FARNESE, *Lucy Gordon* • N°2876

A la mort de son mari, Elise découvre que celui-ci a dilapidé toute leur fortune et qu'elle ne possède plus rien. Aussi s'empresse-t-elle d'accepter l'aide que lui propose Vincente Farnese, l'homme d'affaires pour lequel son époux travaillait. Pourtant, malgré son soulagement, Elise ne peut se défaire d'un vague sentiment de malaise. Vincente Farnese est-il sincère quand il prétend vouloir l'aider, ou a-t-il une raison secrète d'agir ainsi ?

LA MAÎTRESSE DU PLAY-BOY, *Sharon Kendrick* • N°2877

Depuis qu'elle est sa maîtresse, Rebecca vit dans la peur que Xandros ne la quitte. Comment ce play-boy richissime pourrait-il lui offrir davantage que quelques semaines de passion physique ? Ses craintes se confirment lorsque Xandros rompt brutalement avec elle. Mais, peu après, Rebecca apprend qu'elle est enceinte… et qu'elle attend des jumeaux...

LE FRISSON DU SOUVENIR, *Catherine George* • N°2878

Lorsqu'elle se présente au domicile de Connor Jones, chez qui elle doit travailler comme gouvernante, Esther, stupéfaite, se retrouve face à l'homme qui logeait, dix ans plus tôt, dans le petit *bed and breakfast* tenu par sa mère. Un homme qu'elle n'a jamais oublié… Mais aujourd'hui, tout a changé. Connor est le père d'une petite Lowri, et semble inconsolable de la mort de sa femme…

DANS LES BRAS DU PRINCE, *Robyn Donald* • N°2879

Alors qu'elle passe quelques jours de vacances à Coconut Bay, Giselle fait la connaissance du prince Roman Magnati d'Illyria. Sous le charme, elle cède très vite à ses avances. Avant de découvrir que le prince lui a menti et qu'il s'est servi de sa naïveté pour mettre la main sur Parirua, le domaine qu'elle possède en Nouvelle-Zélande…

Attention, numérotation des livres pour le Canada différente : numéros 1505 à 1510

Best-Sellers n°366 • roman

Blonde Geisha - Jina Bacarr

Selon les préceptes japonais les plus anciens, la sexualité et les fantasmes érotiques doivent rester des secrets bien gardés. Pourtant, à quinze ans à peine, la jeune Américaine Kathlene Mallory va entrer dans le monde sensuel des geishas quand son père, afin de la protéger de la menace qui pèse sur elle, la place dans une maison de thé. Commence pour elle une savante initiation à l'art de donner du plaisir aux hommes, qui la conduira à l'ultime rituel des apprenties geishas : la vente de sa virginité. Mais celui qui réclame le droit de payer pour un tel honneur, le cruel baron Tonda, n'est pas l'homme pour lequel la jeune fille brûle d'un désir secret. Pire, il est celui qui ruinera la maison de thé, et mettra la vie de Kathlene en danger, s'il n'obtient pas ce qu'il désire…

Best-Sellers n°367 • thriller

Disparue - Chris Jordan

Maman, j'ai besoin de toi. S'il te plaît, il faut que tu…

Brusquement, la communication est coupée. Pour Jane Hartley, mère célibataire à Long Island, le cauchemar commence : sa fille a disparu. Pourtant la police, qui retient la thèse de la fugue, refuse de lui apporter son aide. Désemparée et morte d'angoisse, Jane se tourne vers Randall Shane, un enquêteur privé spécialisé dans les disparitions d'enfants, pour retrouver sa fille. Car le temps presse, et le ravisseur, implacable, ne reculera devant rien pour voir ses exigences satisfaites…

Best-Sellers n°368 • thriller

Dors petit ange - Gwen Hunter

En Caroline du Sud, plusieurs fillettes ont disparu. Elles ont toutes été retrouvées enterrées, le corps positionné avec soin, comme si elles dormaient paisiblement…

Quelques mois plus tard, Ashlee Davenport, infirmière légiste, découvre un cadavre de fillette enseveli dans sa propriété de Chadwick Farms. Bouleversée, elle est prête à tout pour mettre un terme à cette folie meurtrière. Même à mettre sa propre vie en danger. Et sa détermination a éveillé l'intérêt de l'assassin…

Best-Sellers n°369 • thriller

Et la mort nous séparera - Gayle Wilson

Sur les marches du tribunal d'où l'assassin de son petit garçon sort en homme libre, Sarah Patterson s'apprête à tirer. Au moment où le regard de la jeune femme croise celui du serial killer, un policier l'empêche d'appuyer sur la détente. La rage au ventre, Sarah se jure d'exécuter sa vengeance, quoi qu'il lui en coûte. Même si le tueur, fasciné par cette femme prête à tout pour venger son enfant, rôde autour d'elle…

Best-Sellers n°370 • roman

La maison bleue - Sherryl Woods

Cadre dans les relations publiques, à New York, Hannah Matthews est une battante vers laquelle on se tourne en cas de crise. Et, bien qu'étrangère à toute idée de superstition, elle commence à s'interroger : n'y a-t-il pas un fond de vérité dans le vieil adage qui dit « Jamais deux sans trois » ? Car après avoir remporté une victoire contre la maladie, voilà qu'elle apprend que Jenny, sa mère âgée de 85 ans, refuse de vendre La maison bleue – vieille auberge délabrée sur une île de Floride, et que sa fille, Kelsey étudiante et âgée de 20 ans, est enceinte. Contrainte de se rendre de toute urgence en Floride, Hannah va reprendre – provisoirement —, la direction de La maison bleue. Et tenter d'aider sa fille… Mais elle ignore que Luke Stevens, l'homme dont elle était jadis amoureuse, est revenu lui aussi sur l'île pour réfléchir à son avenir…

Best-Sellers n°371 • historique

Le seigneur de Lochraven - Shannon Drake

Ecosse et Angleterre, 1561

Lady Gwenyth MacLeod, dame de compagnie favorite de la reine d'Ecosse Mary Stuart, est chargée par cette dernière d'une délicate mission : se rendre au palais de la reine Elisabeth d'Angleterre et convaincre la souveraine de ratifier son testament afin que Mary hérite de la couronne anglaise. Pour l'aider à mener à bien les négociations, Gwenyth se voit imposer la présence d'un chevalier proche de Mary : lord Rowan Graham, seigneur de Lochraven, un homme aussi mystérieux et indomptable que les Highlands sauvages dont il est natif. Un homme marié dont, d'emblée, la rude séduction envoûte et menace Gwenyth…

Best-Sellers n°372 • suspense

Le sang du silence - Christiane Heggan

1986. A New Hope, Pennsylvanie, une jeune fille du nom de Felicia est retrouvée assassiné. La police incarcère un simple d'esprit. Les rumeurs prennent fin dans la petite ville.
2006. Grace McKensy, conservateur de musée à Washington, apprend que son ancien petit ami, Steven, vient d'être assassiné à New Hope, où il tenait une galerie d'art. Grace va découvrir, avec l'aide de Matt, un agent du FBI originaire de la petite ville, qu'un silence suspect recouvre ces deux crimes… et qu'un terrible lien les unit, enfoui dans le passé de New Hope.

Best-Sellers n°373 • suspense

Le secret brisé - Jasmine Cresswell

Sa vie n'a donc été qu'un mensonge ? Lorsque Jessica Pazmary apprend qu'elle porte depuis toujours le nom d'une autre, elle est en état de choc. Elle n'était qu'une enfant lorsque ceux qu'elle prenait pour ses parents ont péri dans un accident de voiture. Et voilà qu'elle découvre, à trente ans, que ce couple n'a eu qu'une petite fille, morte en bas âge d'une leucémie… Jessica entame alors des recherches pour briser le secret de sa véritable identité. Même si elle doit déterrer des vérités destinées à rester enfouies à jamais…

Best-Sellers n°374 • roman

Le destin des Castelli - Jackie Collins

Quel lien y a-t-il entre Dani, danseuse à Las Vegas, Madison, brillante journaliste new-yorkaise et Vincent, businessman richissime et ambitieux ? Un homme : Michael Castellino, dit Castelli. Un homme, pris dans un engrenage de trahison et de vengeance, et au destin duquel est indissolublement lié celui des trois autres. Car seul le passé sulfureux de Michael explique pourquoi il n'a jamais épousé Dani, bien que fou amoureux d'elle et père de deux de ses enfants. Seule la découverte de ce père secret, à qui il ressemble tant, permet à Vincent de comprendre d'où il vient. Seules les erreurs et les troubles fréquentations de Michael sont cause du danger que court à présent Madison …

Composé et édité par les
éditions Harlequin
Achevé d'imprimer en février 2009

CPI
Bussière

à Saint-Amand-Montrond (Cher)
Dépôt légal : mars 2009
N° d'imprimeur : 82082 — N° d'éditeur : 14136

Imprimé en France